迎向明天的幸福劇本

練習擁抱生命，
愛自己也愛別人

蕭正儀

目次

輯四：愛是你我

輯五：生命發光

前戲

別誤會，這不是什麼下半身書寫，當然也不是甚麼健康新知。所謂前戲，泛指正戲之前的必然性挑逗，而正戲賣不賣座，跟前戲的引爆線如何佈置，有莫大的關聯。於是，有人把前戲視為比正戲更重要，前戲成了正戲，正戲成了前戲，不過都是戲。

聖經上說，我們成了一台戲，演給天使與世人觀看。在這云云世間，在我們的一生生活中，與天地人事物的種種糾結，都是戲；我們每一個人，既是台上走唱的演員，亦是台下入戲的觀眾！

在繁忙的都會生活中，我們經常被許多突如其來的現實狀況，或者轉動不息的固定作息，壓得喘不過氣來；這時候，我們需要停下來，或者僅僅幾分鐘，看看別人的戲，想想自己的戲，在本書的劇場中，找到喘息與悟思的空間。

本書以散文故事的方式，輕鬆地陪您一同進入生命的萬花筒，低語在心靈的湖面，觀看平靜的湖水與緩走的流雲，而向著生活的下一刻，重新出發。

本書第一個部分「溫情發燒」，讓我們在心冷之餘，燃燒一把熱情，看看人與人之間，那些在暗夜中迸裂的火光，美麗而燦爛；教我們知道生命的每一個轉折處，都有奇蹟。

第二個部分「職場A咖」，讓我們在職場拼殺之餘，有一個喘息的空間，看看問題到底出在哪裡，也許換一個角度思考，事情就會變得完全不一樣；看看別人的故事，想想自己的情形，使工作不但順利，更能成為一種享受。

第三個部分「話語人際」，當我們與人之間的關係，無論是網路上的虛擬關係，或者實際生活中的你來我往，都有看似簡單卻形複雜的應對。在這應對之中，我們該如何說話，或者說如何互相對待，才能一同成長，並發展出美好的果實。

第四部分「愛是你我」，探討著愛是彼此互屬的深刻連結，是以付出為樂的生命價值；其中以愛情、婚姻、親情為主，撥動著我們內心的音弦，觸發著生命暗流的感動，使我們再一次回顧，自己身邊那些滿溢的愛。

第五部分「生命發光」，以生命轉折發光處以及生活小故事，讓我們知道許多的周遭小事，正是改變一生，讓生命發光的地方；轉一個觀念，人生場景就會海闊天空，而自己可以成為最大贏家。

來來往往的人哪，在水泥森林中，你很久沒有享受生活的快感了嗎？記得，在高潮之前，先放鬆自己！看看本書茶餘飯後的戲中之戲吧！

輯一

溫情發燒

黑森林

已經超過下午四點了，小傑和媽媽還沒有來。每天下午四點，小傑固定要來吃黑森林，已經持續了兩個月。服務生阿豪偷偷把僅餘的一塊黑森林蛋糕收了起來，他想，如果一個小時後，小傑還沒來，再給別的客人吧！不然，小傑可能要重複個五百遍說：「黑森林蛋糕呢？」

終於，小傑衝了進來。固定的摩卡配黑森林，蛋糕是小傑的，咖啡是媽媽的。阿豪很高興的把蛋糕捧了出來，但小傑連正眼都沒瞧他一下，只顧把蛋糕接了過去，找位子坐下。小傑不能等，但媽媽的咖啡要等。媽媽端起了阿豪遞來的開水，輕啜杯緣，水中杯影映照的是媽媽的臉。媽媽的口紅褪去了，眼影也糊了，顯然有過淚痕，而且不是輕描淡寫，是猶如風雨過後的瘡痍。

全因為剛剛那場電影，片名叫《馬拉松小子》，描述一名從小患有自閉症的二十歲青年，只有五歲智商，但在母親的支持下，參加馬拉松比賽重拾自信，但這時母親卻因為積勞成疾而病倒……。媽媽的淚水隨劇情起伏而氾濫，十歲的小傑不解的指著男主角問：「他怎麼了呢？」

媽媽說：「他有自閉症。」

小傑是個有自閉症的孩子，十歲卻只有四歲的智商。對小傑來講，媽媽說男主角所得的自閉症，應該就像感冒一樣，很快就好了，所以小傑再問：「那他甚麼時候會好呢？」

媽媽的眼神從銀幕中男主角的身上，轉到了小傑臉上，摸著他說：「自閉症是不會好的。」

人生果真如戲，媽媽必須對著患有自閉症的兒子說，銀幕中男主角的自閉症，是不會好的。但對小傑來講，好不好不太重要，既然男主角的病不會好，就指著銀幕再問：「那他甚麼時候演完？」小傑真是個哲學家，男主角演完了，就沒有病了，媽媽就不會哭了，就會帶他去吃黑森林蛋糕了；吃黑森林的時間到了，男主角實在不該演那麼久的。

媽媽看小傑餓了，就說：「快演完了！」媽媽知道電影何時演完，卻不知道自己人生的戲，何時落幕！

電影散場，媽媽聽見的不是前面銀幕播放的音樂，是坐在小傑後面的幾對年輕男女，大聲的討論著：「真的有這麼多自閉症嗎？」

阿豪把咖啡遞了過來，單單一杯咖啡，沒有任何的糖或奶精。因為小傑的媽媽喝咖啡是不加糖的，喜歡一種原味的苦，慢慢的在咽喉間暈開。摩卡是苦的，黑森林是甜的。如果人生是一座黑森林，在無盡的黑暗中只有遙遠的星光，那麼至少眼前的這塊黑森林是甜的，對小傑而言。

誰應該讓誰

上下班擠公車，就像擠沙丁魚。但很幸運地，那天，我在起站上車，所以有了個單人的座位。

中途，車中已經擠滿了人，偏偏剛好這時有一位胖胖的老太太，牽著一個揹書包的小男孩上車；老太太其實不算太老，大約六、七十歲，小男孩也不算太小，大約七、八歲。我猶疑著，該起身讓座位給他們嗎？周圍的人都沒反應，於是我站起身，拍了拍老太太，請她坐下。

老太太也有點不好意思，她跟我說了聲謝謝，卻趕緊把孫子拉過來坐，可是孫子也不聽話，又站了起來，老太太急忙說：「乖，趕快坐好啊！」孫子說：「不要！阿嬤，您腿受傷，自己坐啦！」我這才發現，老太太的膝蓋綁了繃帶！我想說，兩個人乾脆一起坐，不過看看祖孫的身材，一個位子也實在有點擠不下！

於是，祖孫倆就這樣推來推去，也很窩心！我想，這位腿有點受傷的年輕阿嬤，一定是幫兒子接送照顧孫子，而小男孩也懂得體貼阿嬤。這使我感到在今天的冷漠社會，似乎在一些小人物的小角落裡，還有著無限溫暖。

計程車司機

一個母親帶著五歲女兒坐計程車，不料上車後，女兒看到司機臉上的刀疤，有點害怕的對媽媽說：「這個司機叔叔是不是壞人？」

媽媽當下反應：「當然不是啦！妳怎麼會這麼說呢？」

女兒回答：「因為這個司機叔叔長得好醜喔！他不是壞人，為什麼臉上有好大的疤痕呢？」

這名司機突然緊急煞車！做母親的心想童言無忌，司機聽到肯定很不高興，趕緊對孩子說：「有疤痕不一定等於醜，也不等於是壞人啊！你看，你養的毛毛蟲也很醜，可是會變成蝴蝶；你養的蠶寶寶也笨笨的慢慢爬，可是有一天也會飛起來！還有，我們家陽台的花，有紅、黃、紫、白各種顏色，很美麗，對不對？可是那些花的種子，豈不都是又小又醜嗎？」

女兒一聽，迫不急待地說：「哦！那我懂了，這個司機叔叔不是壞人，他是大好人！因為他正要帶我們去一個美麗的地方，讓我可以玩得很開心，好棒喔！」

這對母女正預備下車付錢的時後，司機突然轉身，淚流滿面的說：「這位太太，我不能收您的錢，因為……我真的……，從前是混黑社會的，整天只會殺來砍去，出獄後想悔改走正路，卻沒有什麼工作機會！可是，今天我第一天開計程車，你卻讓我感覺，自己竟然可以如此重要，生活能夠充滿盼望！謝謝您！」

他是我弟弟

因為最近公司的內部電腦網路系統要更新，所以我桌上擺了幾本相關工具書。有一天，國外部副理雷森經過，突然拿起我桌上的書，對我說：「你知道嗎？這個作者雷明是我弟弟哩！」然後露出了驕傲的眼神。

我也高興地搭腔著：「那真是太好了，我很喜歡他的作品，哪天請他到我們資訊部為我們上課吧？」

「哦！那是不可能的——！」我露出訝異的表情，因為雷森平常不太容易拒絕人的。他看我不太能了解就繼續說著：「我弟弟……，他是個殘障，需要坐輪椅的！」

「喔！怎麼會呢？」我惋惜地說。雷森臉上也出現了嘆息的皺紋，但掩蓋不了他內心裡的滿足：「我弟弟是我們家最有出息的人，他比我優秀、比我聰明、比我賺得錢多……，雖然他現在生活上需要照顧，但卻是他撫養著父母……，不像我，我還負債累累哩！」

這令我更好奇了，對雷森來講，自己比殘障弟弟差，這應該自卑，還是驕傲？我真弄不明白，追問著：「那你弟弟，是天生的，還是……？」

雷森這才娓娓道出他弟弟的遭遇。他陷入了回憶中：「我弟弟從小就喜歡大海，夢想有一天能航海，遨遊世界。終於他航海系畢業，正要實現夢想的時候，竟然發生了一場車禍，他脊椎受傷，從此不能走路了。剛開始，他非常頹喪，因為我們家境也不是很好，他多麼希望能夠早日出海賺錢養家啊！但永遠不可能了……！當時我正在當兵，什麼忙也幫不上，只能把他抱上抱下的。直到有一次，我弟弟看見媽媽暗自流淚，孝順的他下定決心要振作起來，就報名技能訓練中心學電腦，才發現他在電腦程式設計上有特殊天賦哩！所以啊，他現在成功了，擁有自己的一片天地，成為有名的系統程式設計師。」

很多人所學並非所愛，或者所學也不一定能一展所長。雷明，走出了一個破碎的夢想，卻創造並實現出一個更大的夢想！難怪，做為兄弟的雷森，會感到滿足與驕傲；因為最重要的其實不是成就，而是親情的力量，那是生命轉彎中不斷看見的曙光。

姊妹

小英永遠不能忘記，父親臨終前的話：「對於妳姊姊，我一直感到很虧欠，因為當年日子過得苦，沒讓她多讀書，就隨便嫁了個窮老公！不像妳呀！讀書多，又有經濟自主能力！」

當時，小英告訴父親：「我一定會照顧姊姊的！」從那時候起，小英定期都會寄錢給姊姊。她不希望爸爸對姊姊的遺憾，又再上演於姊姊孩子們的身上，總是盡其所能的，把所賺得的財物，分享給姊姊一家人。

許多年來，小英一直未婚，除了工作就是基督信仰，不覺得自己缺少甚麼，甚至覺得自己是個幸運的人，應該多幫助別人，盡量為人花費。

沒有料到的是，在小英即將退休的時候，因為幫朋友做保而被倒債，所有退休金幾乎付之一闕！

但境遇並非僅僅如此，正當小英到一家公司擔任顧問一職時，突然有一天在開車上班的路上，發生嚴重的連環車禍，她很幸運的撿回一條命，但卻失去了雙腿，又因頸椎受傷癱瘓，必須終身臥床。

這時候，姊姊買了一棟房子，然後接小英去住，每天親自為她打理生活細節。小英不明白，姊姊一家很窮，孩子又多，怎麼會有錢呢？有一天終於忍不住問姊姊：「我不能這樣打擾妳的生活，花妳的錢啊！」

沒有想到姊姊告訴她說：「不！這個房子是妳的，這些都是妳的錢啊！妳當年給過我的東西，我都存起來了，本來想給妳出嫁用，但妳又一直沒結婚，所以我就想妳一個人，將來一定更需要錢，需要人照顧啊！所以妳給我的，不但有利息，而且我把攢下來的錢，成為加倍的利息幫妳存起來哩！」

這時，小英抱著姊姊痛哭，原來爸爸所留給小英的，不是對姊姊的遺憾，也不是對小英的比較多的疼愛，而是讓這對姊妹懂得付出。

玫瑰溫情

威廉是一名保險公司業務員，有一次他為女友買花，進入一間剛開張不久的花店，正挑選著玫瑰時，一個年輕男子很熱切的過來跟他打招呼說：「嗨，先生，您很懂得挑選玫瑰喔！我是這裡的老闆強生，這是我剛創業的花店，希望有更多機會為您服務。」這是他第一次認識強生，之後他在這家店選購了幾次花束，但除了寒暄幾句外，並無深入交談。

後來，威廉因為幫客戶申請理賠一筆保險費，竟莫名其妙的被控以詐欺罪入獄。為此，女友也離開了他。

他的人生完全絕望，尤其剛入獄第一個月，他簡直要瘋了！他過慣了熱烈、激情、浪漫的生活，如今這種黑暗日子，該如何活下去啊？他沒有生存的信念，沒有了自信，沒有光明，沒有未來，沒有明天。

當他深信，在這世界上，再不會有人記得他、關心他的時候，突然有一天，監所人員告訴他，有人申請要會見他。他一陣莫名其妙，想想自己已經沒有親友了，誰會來看他呢？難道還會有更意外、更不好的事將要發生嗎？

在會客室裡，他看到了那人的身型、臉龐，怔了一下，實在有點想不起來這人是誰，直到看見他手中捧著的那束玫瑰——，啊——是花店的老闆強生。

強生主動過去握著他的手說：「威廉先生，我在報上看到您的消息，我很難過！但我希望您明白，在我剛創業的時候，謝謝您的鼓勵，您告訴我神會祝福我的，現在我也願祂祝福您！」

就是這束花，讓威廉對人生重新燃起了希望。他開始大量的讀書，鑽研電子科學。

幾年後，威廉假釋出獄，先在一家電腦公司作小職員，由於他的努力，很快的獲得老闆的拔擢。兩年後，他決定自己出來開了一家軟體公司；再過兩年，他的公司股票上市，他成了當地資訊業界的翹楚。

成為富翁的威廉，有一天他想起了強生，如果沒有當年強生捧著花束到獄中探望他，讓他發現人間充滿了溫情與盼望，他是絕對不會有今天的成就。因此，他要把這成功分享給強生。但他到了那間十幾年前去過的花店時，發現早已人去樓空，物換星移，花店變成了咖啡店，強生早已不知蹤跡。

經過威廉派人四處打聽，才知道原來兩年前，強生因為被投資詐騙而破產，一家人貧困潦倒，遷居鄉下，靠種花維生。

威廉決定把強生一家人接到城裡來，並為他買了一棟樓房，也在公司給強生一個職位。他告訴強生：「是你那年的一束花，讓我留戀人世的愛與溫暖，有了奮起挑戰人生的勇氣，所以無論我為你做什麼，都無法回報你當年對我的幫助。我也相信，以你對待周遭人的熱情與關心，會為我公司的業務帶來一番新氣象，所以我並非只是回報您或者同情，你不僅是我人生轉捩點的恩人，也將是我此後一生事業最好的夥伴。」

此後，威廉更以強生的名義成立了一個基金會，專門幫助陷入人生黑暗厄運中的受刑人，使他們能夠重新站起來，創造嶄新的人生，不僅不被社會所遺棄，還能成為這個社會的祝福。

陪妳一段路

十一歲的黛安聰明可愛，身材瘦小，但她有個鄰居好朋友，也是她的同學，名叫蘇珊，長得高高壯壯，經常一起讀書、玩樂。

突然有一天，黛安發高燒，昏迷三週，雖然奇蹟似地活下來，但卻四肢腫脹嚴重變形，關節劇痛，脖子僵硬，虧骨緊繃。醫師宣判她得了無藥可醫的類風濕性關節炎，終身都無法站起來，且將時常發病，無法受正規教育。

她的家境並不富裕，又有四個弟妹要撫養，母親為此辭去工作照顧她，整個家計扛在父親身上，龐大醫藥費難以負荷。黛安眼見這一切情形，想著自己原本成績優異，正準備開創美好人生，不料如今都已夢碎！她想從桌上拿把美工刀，結束自己的生命，但卻連這個力氣都沒有，絕望痛哭著……。

這時，蘇珊進來了，手邊抱著一大疊書喊著：「別哭啦！看看我帶來什麼？」

原來，過去黛安跟蘇珊最喜歡做的事，就是看很多故事書，然後玩演戲，各自選個故事中喜歡的角色扮演著，隨著劇情起伏，或悲或喜，都快樂不已。

如今黛安無法相信，不可能發生的悲劇小說，竟會在自己身上上演，不禁難過地說：「我什麼都不能做，不能演戲、跳舞，甚至不能去讀書……！」

蘇珊回答：「那有什麼關係呢？妳可以用筆、用口，創造出更多角色啊！」黛安一臉惶惑，但蘇珊可不管，拿起一本書就遞到黛安手上說：「來，現在就開始，妳演小時候很窮的卓別林，我演卓別林登台唱歌的媽媽。我們開始對話囉！」

那天起，蘇珊天天來陪她，還用演戲的方式讀書！這件事被學校其他同學知道後，決定發動捐款，幫助蘇珊的醫藥費。此外，還有另一項行動，就是同學們開始能力分組，把自己在學校所得的知識，經過消化吸收後，變成活潑生動的故事，輪班到蘇珊家裡講解給她聽，還一同地表演、互動，洋溢歡笑。

這期間，黛安的病情時好時壞，經常進出醫院，四肢嚴重萎縮、扭曲、變形，有時連吃飯都困難，只能窩在窄小房間裡，一邊忍受痛楚，一邊倚靠上帝。當同學們還沒來的時候，只要自己還能動一點，她就忍著全身肌肉關節的痛苦，一筆一筆地，開始試著書寫，把同學們所訴說表演給她的那許許多多生活中精彩、感人、有趣的故事，串成美麗的文字。

二十一歲那年，同學們都在準備著畢業典禮，黛安心想：「這段日子，大家不可能有空照顧到她，她今生永遠也無法有個屬於自己的畢業典禮……。」這麼想的時候，同學們突然敲門來到，其中還有個不認識的老師來告訴她：「親愛的黛安，學校決定頒發給妳畢業證書，因為妳，激勵了所有同學讀書更努力，贏得好成績，展現團隊士氣。」

畢業典禮那天，黛安被同學們合力抬起輪椅上台。在台上致詞時，她抱著剛出版的第一本小說，淚水盈眶地說：「如果沒有上帝的愛，激勵並支持著我的父母家人，又讓我身邊出現蘇珊，以及這麼多老師、同學來幫助我，我不可能畢業，也不可能出書啊！所以，這榮譽是屬於你們的！……我，好想站起來，把這些……，獻給你們……！」接著，全場瞪大了眼睛，看著黛安雙手撐著講台，扭動身軀，努力站起來……。這，不可能的事發生了！她真的站起來了！踏出病後的第一步、第二步，就在她即將踏出第三步的時候，眾人一湧而上，將瘦小的黛安抬了起來，舉在空中歡呼著，淚水已然將所有的人都淹沒。

之後，黛安成為劇本創作者、小說家，同學們也個個前途似錦。因為只要懂得愛，不必害怕人生的痛苦失敗。

最後一碗麵線

阿金嫂是個在巷子口賣蚵仔麵線的老婦人，某個週六的夜裡十點，快要收攤的時候，她看到有一個約十二、三歲的小女孩蹲在電線桿旁，眼睛一直望著她那鍋麵線，好像餓了很久的樣子，她心裡有個底，知道這一定又是哪個不乖的蹺家少女，但又不忍心看她這樣蹲在路旁，於是便走過去問：「妹妹啊，妳要吃麵線嗎？」

小女孩站起身來，望著鍋裡，抿著嘴唇，一副欲言又止的模樣，看看阿金嫂，又看看自己，低頭不語。阿金嫂繼續說：「是不是沒錢啊？沒關係啦！就剩這一碗了，我請妳吃啦！」

小女孩終於露出了笑臉，走過來天真的對阿金嫂說：「真的嗎？謝謝妳喔！」

阿金嫂也笑得很開心，大杓子往鍋裡一撈，還有兩碗半的麵線哩！趕緊都撈起來給小女孩吃，還一邊招呼著說：「來，快，還熱的哩！坐下來慢慢吃！」

小女孩坐下來，迫不及待的一湯匙一湯匙往嘴裡送，阿金嫂看她這樣子有點可愛，便坐下來問她：「妳是不是一天沒吃東西啦？」

小女孩望著她點點頭說：「阿姨，您真是好人耶！我們不認識，您卻對我這麼好！不像我媽，總是對我很多限制……！」

阿金嫂問：「妹妹啊！妳怎麼會這麼想呢？我不過把鍋裡剩下的麵線盛給妳吃，妳就這麼感激我了！可是妳媽媽無條件的撫養了妳十幾年，妳不但不感激她，反而還怪她管教妳、限制妳，跟媽媽吵架……。不像我媽啊，都去世好幾年了，我想跟媽媽鬧脾氣的機會都沒囉！」

小女孩愣住了。吞下最後一匙麵線，再次向阿金嫂道謝後，不由自主的往回家的路走去。一邊走一邊想著，媽媽對她怒吼：「不給妳亂買手機是要教妳節省，不讓妳亂吃炸雞是怕妳太胖……！」她突然覺得，為什麼自己不能相信媽媽的管教是為她好呢？走著走著，一抬頭，遠遠的就看見母親在街燈下張望著，一看見小女孩立刻緊張地過來：「妹妹啊！妳去哪裡了呢？媽媽擔心死了！回來就好，回來就好，妳身上又沒帶錢，一定餓壞了啊！趕快上樓吃飯吧！」

小女孩這才發現，相信周圍人的善意關懷，人間就會處處是天堂。

不能回報的愛

這是一家地區型醫院附設的安養院，病房裡的人都是經過氣切、插上鼻胃管，需要靠著呼吸器、氧氣機、抽痰機等來維持生命的癱瘓病人。

平常除了護士照顧外，還要有看護工，定時翻身、擦澡、抽痰、處理大小便，以及餵流質飲食等；這些工作不僅單調乏味，還要注意許多細節，不但要維持患者的清潔，更要防止感染。因此，這些繁重工作的身心壓力，是令人喘不過氣的。

阿綢嬸是十二號床的病人，才六十歲就中風了。三個女兒都已出嫁孩子又小，唯一的兒子在當兵那年自殺身亡，所以這家安養院，成了她必然的終久之家。

今年剛畢業的小慧，懷抱著滿腹的理想，但上班後第一件事就發現，原來在這裡，不管是在病人背後，或是前往對病人進行照顧或護理時，從來不稱呼病人的名字，直接稱床號，因為反正病人也不會有回應。

這讓小慧感覺到，每天好像在做一些固定澆花施肥的工作。並且，這些病人不會像花兒綻放微笑，也不似貓狗寵物會對你依偎撒嬌，更不會如電腦工作，還可以在虛擬空間中創造互動的成就感。小慧一次又一次不斷的問自己：「這就是神所創造的人，該有的生命嗎？」

有一天，小慧在幫阿綢嫂清洗完口腔後，突然看到阿綢嫂的嘴巴動了動，彷彿在對自己笑著哩！

這一刻，小慧感覺沒有什麼事比這更快樂的了，她不斷的告訴所有的同事，但是沒有人相信她的話；所有人都對她這小毛頭的述說一笑置之，嗤之以鼻。

於是，她每次照顧病人時，她總是會叫著他們的名字，告訴病人現在要為他們做什麼事；還在一邊做事的時候一邊唱歌，分享給病人。雖然病人沒反應，但她很高興。

不管小慧怎麼做，這些病人狀況都不會更好，只會更壞；甚至一天過一天，一個個病患結束了生命，然後又有新的病患進來；沒多少日子，又走了，就這樣周而復始著。但是小慧從來沒失望灰心過，每一個病人的每一種狀況，她都小心呵護；因為在神眼中，他們是寶貝。

一個月後，剛好小慧值班，阿綢嫂的家人並沒有來看她，所以小慧在阿綢嫂的床邊特別陪伴了她多一點時間，她對阿綢嫂說：「我今天可以多陪你一點時間哩！……我想告訴你，我上班這幾個月，是你那一天的微笑鼓勵了我，我真的謝謝你！我好感謝你，好喜歡你喔！你是神心中的寶貝！」

突然間，這一刻，她看見阿綢嫂流下了眼淚，一直張口想要說什麼似的。小慧也就這樣握著阿綢嫂的手，淚水在眼眶裡翻滾著。

第二天早上交班的時候，小慧才從同事口中得知：「十二號床的那個，今天清晨走了！」

小慧突然激動的問：「十二號！是阿綢嫂嗎？」

同事瞪著小慧說：「啊不然是誰？……走了也好啦！」

原來，在昨天夜裡，阿綢嫂病況突然轉壞，就在晨曦出現的時候，斷了氣，眼眸子還癡癡的朝向窗外的陽光。

小慧看著護理報告，突然放聲大哭，同事們一臉好奇，又不得不安慰的對她說：「這有什麼好哭的？這些病人都是這樣啊！你看你對她再好，她也不會有反應，她也不能回報，沒多久還不是會走！」

小慧突然激動的說：「不！不是的，是我再也沒有機會回報阿綢嫂……！是她鼓勵了我，讓我懂得了什麼是愛啊！」

救命恩人

瑪莉早年喪夫，獨子鮑伯在波斯灣戰爭發生時，差點喪命在敵機轟炸的地雷區，回來後告訴母親這段驚險過程，並說明幸好當時有一個上尉救了他一命；瑪莉告訴兒子，受人幫助一定要還給別人，何況是救命之恩，更要永銘在心，傾全力報恩。

於是，經過一番打聽，瑪莉終於帶著兒子從紐澤西來到鳳凰城，親自拜訪送禮到李文上尉的家。對於瑪莉母子不期然的到訪，李文夫婦非常熱切的接待，瑪莉更是滿懷感激地說：「因為您及時地救了我兒子一命，扭轉了他的命運，還有我晚年的命運啊！我只有鮑伯這一個親人了，所以不知道該怎麼對您表達感激……！我想，任何金錢、財產，都不足以代表我的心意啊！」

沒料到李文上尉的夫人說：「不！應該我感激您兒子救了我丈夫一命哩！」瑪莉一聽，頓感疑惑。

李文上尉笑了笑說：「其實，反而是我應該遠去拜訪你們，感謝鮑伯哩！因為當我發現敵機向陣地俯衝下來時，應該毫不猶豫地臥倒，但卻發現有個小戰士，就是鮑伯，站在離我四、五公尺的地方，很明顯他的危險更大，於是我立刻飛身過去壓在他身上，突然聽到一聲巨響，抬頭一看才發現，我原來所應該原地臥倒之處，竟被炸了個大坑！呵呵，如果不是鮑伯站在那裡，讓我撲過去的話，可能真正該喪命的是我哩！」

當我們處處為著別人，且充滿感恩的時候，生命的奇蹟就會發生。

姑婆的早晨

小梅有個遠房親戚，是個八十三歲的姑婆。其實她並不是小梅的親姑婆，而是據說在抗戰時期逃難時救了父親一命，所以父親就一直喊她姑姑，更不敢忘記她的恩德。

父親臨終前，特別交代小梅要常去探望姑婆，不要讓她年老無依，孤苦伶仃！

那天，小梅送姑婆去養老院，姑婆早上八點就穿戴整齊，安靜的坐在椅子上，等待著小梅去接她。其實，她的雙目都已經失明，走路也不穩，生活起居都需要別人幫忙。

當社工人員帶她進入養老院時，她的臉上總是帶著微笑，充滿了感謝。隨著社工人員領她進入房間，並把內部的狀況與佈置一一描述給她聽，她每聽到一個段落，總是高興的說：「太好了！」「太棒了！」

小梅心想，一個一無所有的老人，有甚麼好感恩、好快樂的呢？忍不住在姑婆耳邊說：「姑婆啊！慢點高興喔！我還沒帶你摸一摸，看看怎麼使用房間裡的物品？還不知道合不合用呢？」

姑婆笑著說：「沒關係！快樂是由自己的心情決定的。我喜歡這個房子並不是因為它的佈置，以及裡面所擁有的設備啊！而是因為在此我可以好好安靜的親近主耶穌，也可以跟許多老人傳福音，我不該為這許多事感恩並喜樂嗎？」

她話還沒說完，小梅看到有三、四十位二十到六十多歲的男女，推了蛋糕走進來，要為姑婆過生日。但小梅卻不知道今天是姑婆生日哩？滿臉疑惑時其中一個人對小梅說：「我們是她教會的弟兄姊妹，她說只要每天早起，感受陽光照在身上，就要為此感恩，慶祝有生之日時時快樂！所以，我們為她準備了生日蛋糕啊，一同分享有生之日快快樂樂吧！」

這時，小梅突然覺得，表面上看姑婆似乎什麼都沒有，但她實在是最富有的人啊！她的心靈，彷彿有個聚寶盆，蘊藏著無比的豐富，能讓她一生滿足喜樂。

蛋糕推進來切開前，大家都希望姑婆能說說話，她就對大家說：「老年就像一個銀行帳戶，你可以隨時提領存進去的東西。所以，在年輕的時候，就要多存一點快樂的事在帳戶裡，那麼你下次提領的時候，又可以再快樂一次。」

小梅這才明白了，姑婆的帳戶，乃是存取快樂，什麼是儲蓄快樂呢？就是不斷的為別人付出，為需要的人禱告，幫助苦難的人。所以，不管外面世界發生了什麼事，她每天早晨一定都是充滿了清新與快樂。

老郵差

在韓國普倫島上有名郵差，每天做同樣的工作，騎車走著同樣的路，忠實準時地把信送到收件人手中；每戶人家，他都很熟悉，比如誰的家人在首爾，誰家的農田收成好，誰家的雞走失了，誰又得了什麼病等等，他都如數家珍。

十年、十五年過去了，年輕人一個個離開島上，到城裡找工作；有一天，有個剛大學畢業的男孩，為探望生病的祖母而回到島上。當他接到首爾一家大企業的錄取通知，高興地跳了起來，並且抱著老郵差說：「大叔，我將來有成就，一定不會忘記您，我會把您接到豪華大房子住的。」

郵差回答：「你能有前途是最重要的！」

男孩說：「難道您要永遠在這島上，不會感到乏味嗎？」

郵差說：「不會的！因為我帶來的消息，關係著很多人的心情啊！」

十年後，郵差退休了，島上的人越來越少，男孩也早已忘記當年的承諾。直到老郵差生病過世，都沒有人注意；但很奇妙的是，在老郵差告別儀式這天，聚集島上所有的人，更有許多陌生人首次來此默默追思。

當年那個男孩也回來了，發現家鄉比他鄉更美麗，因為老郵差在每天走過的路上，沿途撒下美麗的花種。

老郵差用一生的時間，把島上所有住戶，以及往來信件的人，都用紙張寫下祝福的話，繫上紅絲帶，為他們禱告；信件多的人，為他們準備禮物；甚至為離開小島的年輕人存錢，每個人都有一個罐子，因應他們創業急需之用。因此，這些人是被通知來取回老郵差留給他們的禮物。

當年那個男孩成了中年企業家，他在葬禮中哭著說：「我這才知道，一生最有價值的事，就是默默付出愛；而在平凡中懷著熱情，更是偉大。」

還是你先吃

從前有兩個在山村部落長大的年輕男孩，一個名叫約翰，一個名叫湯米，他們結伴首次到大都市謀生，找工作卻處處碰壁！尤其遇上經濟蕭條，許多店面關門，當店員都不容易；想做苦力、搬運工，也沒造橋、鋪路、蓋房子的工地。

這使他們感到十分灰心，眼看手裡剩下最後一塊麵包，兩個人都捨不得吃，約翰說：「還是你吃吧！我想回家鄉去砍柴……！」

湯米說：「不！就算你要回家鄉，也要先吃東西。」接著，湯米就把麵包以及背包硬塞在約翰手裡，緊接著竟然一溜煙的跑了，因為湯米知道，如果不這樣做，兩個人都會在這城裡餓死，不如把所有的東西都給約翰，讓他能活著回到家鄉。

約翰被湯米突如其來的行動嚇到，感到一臉茫然，他不相信湯米會丟下自己跑掉，但事實是約翰一路尋找，毫無蹤跡，只好使用湯米留下的食物與盤纏，獨自回鄉。

離開約翰的湯米，飢餓難耐，想起約翰說到這城裡除了滿地垃圾以外，什麼機會都沒有，更覺心酸，走著走著，踢到一個鐵罐，就開始一路靠撿拾鐵罐販賣維生。

漸漸地，湯米又想起，自己在家鄉時，最喜歡的一些拼拼湊湊工藝，於是他開始把鐵罐重新拆解、組織，製作成許多小鳥、動物的形狀，這引起了一些路人的注意，開始想蒐集購買他的工藝品。

多年後，湯米在這城市成為有名的鐵罐工藝家，不僅開設了連鎖店，也同時經營各種珍貴木材的雕塑生意，將回到家鄉的約翰所尋找到的珍貴木料，重新包裝，成為工藝品，行銷全國。

成為快樂的人

彼得在八歲那年由於父母親同時搭乘飛機失事，而被舅舅領養，雖然舅舅一家人都對他很好，但遭逢喪失雙親的巨變，彼得的內心充滿憤世嫉俗，鄰居小孩斜眼看他，他就覺得對方在嘲笑自己；甚至還有人在學校裡搶走他的新帽子，且潑水弄壞，看他委屈出窘、欲哭無聲的表情，同學們就開始拍手大笑。

他強忍著眼淚，等回到家中，再也忍不住的抱著枕頭痛哭，他感嘆自己的命運竟如此悲苦，失去父母，還要被鄰居嘲笑，同學惡作劇，這讓他感覺為什麼自己不能跟爸媽一起死了，他甚至一點都不想活了。

舅媽觀察到彼得這情形，已經好幾週了，有一天舅媽在晚飯後對他說：「彼得，你知道自己有很多優點嗎？」彼得嚇了一跳，舅媽怎麼會這麼說呢？正疑惑時舅媽又開口：「我知道你在學校有很多委屈，你感覺有很多人欺負你；但是你現在聽我說，你很幸福，雖然沒有了父母，但舅舅跟舅媽都很愛你，我們會盡所有的力量來幫助你長大的。」彼得聽了這話，不禁眼眶紅潤，似乎有好多感謝的話沒有說出口！舅媽再繼續說：「記得，你是我們的寶貝，我們愛你，你也愛我們，所以你要聽舅媽的話喔！」彼得點點頭後，舅媽說：「那麼就從今天，你開始先對鄰居小朋友、同學好一點，願意主動幫他們的忙，那麼他們就不會再欺負你了。」

因著舅媽這樣打動他心靈的安慰與教導，所以彼得決定嘗試一些改變。他開始主動幫助別人：寫作文、辯論稿、讀書報告，幫忙打掃，甚至花幾個晚上，教同學弄懂算術，因此即使彼得名列前茅，也沒有同學會嫉妒他。

接著，鄰居一對老夫婦去世，還有戶人家，妻子被丈夫遺棄；於是彼得就運用上下學途中，到這些人家幫忙，比如擠牛奶、餵牲畜，持續好幾年不間斷。

他的行為感動了鄰居，再也沒有人嘲笑他，反而把他當成一家人。因此，當他退伍返鄉時，竟有兩百戶鄰居來看他，這讓他感動落淚說：「真沒想到他們是這麼真誠地關心我啊！人生還有什麼比這個更滿足呢？」

阿婆與少女

二十歲的少女珍妮，有著小說女主角那種浪漫的美，留著長髮，深邃眼眸透出水漾的深情，顯出一種難以解釋的淡淡憂傷。她總是不時地撫摸隆起的肚子，然後落下幾滴淚珠。

從小失去父親的珍妮，在一年多以前，珍妮瘋狂愛上一個比自己大二十歲的男人，然後在母親的反對下，堅持輟學嫁給這個男人，隨這個男人過著流浪的走唱生活。婚後不久珍妮即懷孕，但男人卻又留書出走：「……珍妮，對不起，我註定是個浪人，浪人不該有家……！」

當時珍妮已懷孕五個月，她淌著淚，挺著肚子去賣場當收銀員。某次昏倒，經檢查她患有紫斑症，血小板數量不夠，生產過程有危險，醫生建議她留院檢查幾天，視狀況再決定是否要生下這個小孩。

住院的第一個晚上，珍妮整夜睡不著，摸著自己隆起的肚子，她想到離開自己的丈夫，想到自己肚裡孩子不知生死的未來，感到孤單且痛苦的她不禁蜷曲在病床上，抱著棉被痛哭。過了不知多久，珍妮聽見有人在呼喚她。

「小姐，小姐，妳還好嗎？」珍妮停止哭泣，把頭探出被外，原來是個阿婆。

「我住在隔壁病房，晚上睡不著出來走走，在走廊聽到你的聲音，你還好嗎？」

「我沒事，謝謝你的關心。」

「小姐，你看起來很年輕哩！你是得了什麼病？為什麼在這裡？」
「嗯，我沒有什麼病，只是懷孕生產有些危險，住院檢查幾天。」
「哦！你快要當母親了，恭喜你！你懷孕幾個月了？」
「我……」珍妮一開口，眼淚就無法控制的落下。
「別哭，」阿婆溫柔的握住珍妮的手，「你跟小孩都會沒事的，別難過，別擔心。」
就這樣，住院的第一晚，珍妮在這位陌生阿婆的陪伴下度過。第二天珍妮才知道，原來阿婆已經癌症末期了。看著阿婆與住在同一層病房的小朋友一起玩樂的樣子，珍妮真的很難想像，阿婆是將要離開世界的人。
阿婆對生命的熱情與樂觀激起了珍妮的好奇心。
「阿婆呀，你為什麼總是這麼快樂呢？」
「人生的每件事，都要快快樂樂的去做，」阿婆笑著回答，「即使面對痛苦環境也一樣！當我丈夫戰死沙場時，我依然講故事給我兒子聽；當我兒子到非洲傳教被殺殉道時，我開始到育幼院講故事。我相信，在我身邊會有更多像我丈夫與兒子的勇士。之後，我接下了育幼院廚房的工作，我覺得能夠煮飯給孩子吃，能夠跟孩子們玩在一起，真是太幸福了！我有好多孩子，長大的走了一批，還有小的會扮鬼臉跟我玩，我有永遠照顧不完的孩子，我的孩子們也會不斷地找新奇玩意給我玩哩！」
珍妮聽了阿婆的故事，心裡更是感動。阿婆雖然失去了丈夫與兒子，但仍然能如此快樂的照顧那些需要愛的育幼院小孩。
「對了，珍妮，你開始為肚裡孩子想名字了嗎？」阿婆突然問。

「嗯，還沒，我還沒想到這麼遠。」珍妮有些遲疑的回答。

「名字很重要，要早點開始想。」

「我……我還不確定他會不會順利出生。」

「傻孩子，別這樣說，要有盼望，孩子是老天爺賜給你的禮物，你要帶著信心去迎接他的到來呀！」

「我……」

「這樣吧！明天開始我陪你想名字，我還想當你寶貝的乾奶奶呢！」

看著阿婆一臉認真的樣子，珍妮忍不住笑了。

在醫院一兩週後，珍妮經過了檢查並與醫生討論，雖然生產仍有相當的風險，但她想起阿婆的話，老天爺給她的禮物，要好好珍惜，於是她決定要生下這個小孩。

珍妮出院後沒多久，阿婆就過世了。

從護士那裡，珍妮得知阿婆特別留給她一個小筆記本。從醫院返回家後，珍妮迫不及待的打開它，原來裡面是阿婆為珍妮肚裡小孩取的名字。

當珍妮看著阿婆用飽經風霜的手所寫下的每個名字，阿婆對肚裡小孩的愛如同一團火焰燃燒在她的心裡。因著阿婆的愛，珍妮對新生命充滿了盼望。

搖到外婆橋

「搖啊搖，搖到外婆橋。……外婆叫我好寶寶！糖一包，果一包，還有團子還有糕。」阿明永遠記得，那是第一次到外婆家時，外婆教他唱的歌，那年阿明才五歲；後來，他再也沒有離開外婆家。

剛到外婆家時，外婆看到阿明高興得不得了，可能因為外公剛去世不久吧！外婆住在桃園的鄉下，而媽媽要在台北上班；之後，阿明就成了桃園鄉下長大的孩子。

在阿明的記憶中，爸爸對他而言，只是一張照片；在出生那年，就在非洲工作中車禍喪生了。然後媽媽抱著阿明回到了台灣，一面工作一面照顧孩子，實在撐不下去了，只好將阿明交給平日孤單的外婆。

外婆在巷子口開了個小雜貨店，隨著時代的進步，超商的林立，店裡的生意越來越糟，可是外婆從不埋怨。並且，媽媽過來看阿明的時間也越來越少了。有一天晚上，阿明在房門口偷聽到了媽媽與外婆的對話，外婆說：「你遇到好男人，就嫁了吧！阿明你不用擔心，由我來帶，我會撫養他成為有出息的孩子。」

「可是媽，您年紀也大了……。」

「放心，我經歷過這麼多事，再大的困難也不怕！」外婆一直說服著媽媽，要媽媽改嫁。這令阿明不能明白，自己已經沒有了爸爸，難道還要失去媽媽嗎？此後，媽媽真的兩三個月難得來看阿明及外婆了！阿明認為被媽媽拋棄了，媽媽是自私的，只顧自己的幸福。

阿明每天放學回到家，就要幫外婆開店做生意。外婆不識字，能做的工作有限，小舖生意又不好，只得早起晚睡，掙點時間去送報紙、拾荒補貼家用。因此每當阿明看到外婆佝僂的身影，就對母親懷有深深的怨恨。每當這時候，外婆就告訴阿明，要珍惜現有的生活，祖孫能夠生活在一起，就是最大的滿足了。

在阿明當兵那一年，突然接到外婆病重的消息，他從部隊趕回桃園，卻不幸在半途出了車禍，當時阿明的狀況很危險，因為阿明的外婆也生病住在醫院，所以部隊通知了阿明的母親；母親二話不說，立刻將自己的一個腎換給了阿明，這是十五年來，阿明母子最親密的時刻。

阿明逐漸的康復，但是外婆卻逐漸的衰弱，只能放棄救治了！阿明的淚一直流，對他而言，外婆才是媽媽，是最親的人啊！這時，外婆把阿明叫到床邊說：「乖孫，不要傷心，也不要有怨恨，外婆因為愛你媽媽所以更愛你啊！你將來也要愛你媽媽喔！你媽媽一輩子都辛苦，她有苦你不知道啊！」

「我知道，我知道了，媽媽已經把一個腎給了我，外婆、媽媽跟我，我們不分開！」阿明對著外婆哭喊著，看著外婆似乎安心了，然後微笑的闔上雙眼。

阿明的外婆不識字，卻會讀聖經。沒有生活能力，卻把阿明撫養長大。外婆教導阿明，跌倒了要爬起來，失敗時要感恩，困境時要因著倚靠耶穌基督而享受平安。阿明永遠不能忘記：「搖啊搖，搖到外婆橋，我是外婆的乖寶寶。」

不挨打的祕方

蘿絲小姐是德州一家精神病醫院的護士，在她從事急性精神病房的工作十年來，一直保持一項傲人的紀錄，那就是不管病人的攻擊行為有多可怕，她就是從來沒有挨打過。

在急性精神病房工作有高度的危險性，有時病人發病，存有被害妄想，認為你要害他，隨即一拳過來，防不勝防。比如查理先生，一發起病來就認定自己是宇宙之王，聽到外星球指令要他發動革命攻擊，把周遭不順眼的人都視為叛亂份子；所以這時，如果工作人員一個不慎，可能就被一路追打。這一次，整個病房就被查理先生搞得一團混亂，無人得以倖免，除了蘿絲。

彼得醫師覺得很奇怪，心中實在有點不服，怎麼自己這個大男人都被查理踢了一腳，而蘿絲卻可以毫髮無傷，未受攻擊呢？她長得比較美嗎？臃腫身材的蘿絲看起來真是一點都不起眼。於是在吃飯的時候，彼得醫師故意湊上前去，用聊天語氣的問著：「蘿絲小姐，真想請教你，我看你怎麼從來都沒被病人打過？」

「對啊！我從事這個工作十年了，從來沒被打過哩！」蘿絲快樂的笑著。

「那真是太希奇了？請教你到底對病人有什麼秘方啊？」彼得繼續問。

「哈哈！這是我媽媽傳授給我的祕方哩！」蘿絲繼續說：「小時候，我媽媽常常教我要為班上的同學禱告，我三年級那時候，班上剛轉來了一位同學叫傑克，他患有『注意力缺陷過動症』，所以經常跟人打架、用石頭丟人、害全班罰站，班上的老師受不了他，學校也因為家長壓力，想要把傑克趕走，但我媽媽告訴我，要為他禱告，因為我總是願意包容他，為他禱告，所以傑克從來都不會把我當敵人。甚至有一次還聽他媽媽說，原來傑克為了罹患血癌的姊姊，願意捐贈自己的骨髓，小小年紀真是不容易。後來，我們全家人都為他禱告，他的狀況真的慢慢有了改善，還跟我成了好朋友哩！」

「因為我的媽媽，我學會了舉起我的手，為那些邊緣的人、不受歡迎的人禱告，讓他們無論如何瘋狂，總知道有人在愛他、包容他、傾聽他、接受他；就算他們會打人，會製造問題，那都是因為他們沒有安全感啊！我相信，完全的愛可以把懼怕驅除。」

富翁的願望

我一直稱呼他「伯伯」，他是我認識最有錢的富翁，國內某大財團的總裁，擁有十幾家股票上市公司，隨便一家公司的資產額就是數十億。他也是我老師的親戚，所以在我十幾歲讀護校的時候，就因為老師的介紹，我開始幫伯伯量血壓，每次他都會給我五百元，這在當年，比許多人一個月的薪水都多。

伯伯雖然身材高壯，但病痛很多，需要嚴格限制飲食，偏偏他又經常趁著伯母沒看見時偷吃東西，每次我看到他拿著餅乾偷吃的樣子，都感到有趣又不忍。他有這麼多錢，卻為了活命，必須受喜愛飲食限制的苦刑。

伯伯雖然是個億萬富翁，但是他很慈祥，非常顧念年輕的我。我每次幫他量個血壓的時間不到五分鐘，但常常必須等個一小時，其實我不在乎，因為他給的酬勞高；但是，他每次都問我是不是等太久了？會不會耽誤我的時間？這讓我很感動。

因此，我跟在他身邊十幾年了。我看到他兒子離開，一個女兒在加拿大慘遭謀殺橫禍，另一個女兒在美國精神病院自殺……，有一天，我在幫他量脈搏的時候，他突然眼角滑下了淚跟我說：「妳人生最大的希望是什麼？……我現在啊，人生最大的希望，就是我的兒女親人平安健康就好……！」

如今，伯伯雖然已離世多年，但他是我最敬愛也是最心疼的長輩，我永遠記得他對我的關懷，以及他曾說過的話。我常告訴自己，如果我還能吃一點自己喜歡的東西，那麼我就比億萬富翁還要富有；如果我還有親友平安健康的在身邊，我就比億萬富翁還要快樂滿足。

老婦與籠子

每次來到養老院時，黃老太太總在宿舍門口屋簷下，很專注地用竹片編織著鳥籠，然而她的手不是很靈巧，甚至顯得笨拙；但日出至日落，她從不停歇地編織著。同時，她幾乎不跟其他老人打交道，不論周遭發生了什麼喧鬧悲喜，就算地震震得天塌了，人們驚慌奔逃，她都習慣似的投以冷漠的眼神。

這一次，當我在幫她量血壓時，發現她的目光一直停留在我身上，有一種熱切與熟悉的期盼，於是我逮到機會，想要多了解一些關於她的事，就順手的握住了她佈滿雞皮且已略有變形的手骨。

「黃婆婆，編竹籠子是您的興趣嗎？」

「不是，我的興趣是養鳥！」她的視線從我身上轉移，低頭望著她的手，手顫抖地握著竹片。

「那您為什麼不養鳥呢？」我好奇地問，我真的從來沒看見她養過鳥。

「我都已經在這裡靠國家養了，拿什麼養鳥呢？你沒看到鳥都在空中飛嗎？」她又開始非常專注地看著我，令我不得不尷尬地把視線瞥開，望著那樹梢上的麻雀。

「那你編著這些鳥籠，是不是希望能賺些零花錢啊？」我想當然爾的問著，帶有應酬式的對白，盼望能打破那僵持在我與她之間，被歲月冰凍的凝滯空氣。即使我是那麼地確信，她編的這些竹籠子是賣不出去的，因為非但不適合現在的寵物鳥，根本還相當不牢靠哩！

「賺錢？不用啦！也沒這個希望！」她語氣停頓，沉思著，彷彿已不想再講，但我總是好奇。

「那麼您的希望是……？」

我這一問，但見她的手更緊地握住竹片，死命地將目光瞪得斗大，這讓我有些害怕，心裡打了個寒顫。正想結束話題，又看到她的嘴角顫動著，我無法從她的嘴形中讀出言語，只能等待，等她努力奔洩而出那沙啞又斷斷續續的聲調：「……我……的希望是……，早一點……再……跟我女兒，在一起，我……只有一個，……一個……女兒！」

她手中緊握的竹片忽然從掌中鬆落，我即刻幫她撿起時，不假思索的緊接著問：「那您的女兒在哪裡？我幫您把她找回來啊！」

她兩隻手掌伸展開，十隻手指微微顫抖著，以微弱的目光深深地望著我。我感到不再是那麼地恐懼，但卻有點擔心她的身體狀況，因為她的上眼皮逐漸下垂而至閉合，頭稍稍仰起，幾根手指在凝滯的空氣中，似乎要抓住什麼似的；之後又「砰」地身子斜傾倚著牆柱，臀下的小板凳差點翻落。我趕緊上前扶著她的雙肩，但她卻突然反過來緊抓住我的手，雙眼卻還是緊緊的闔著，久久令我不知所措，直到聽她嗯了幾聲後，才突然又放開我的手，雙眼閉得更緊，口微微張開，喃喃地說：「我女兒……，像你這麼大的時候，在家裡的頂樓，十二樓高，……飛……了下來！」

我望著她，她突然又睜開眼，目光瞥向樹梢上的麻雀，麻雀倏地飛起，飛離我們共同的視線，但她仍然望著麻雀的蹤跡。我在無意識中，拾起一支她編好的竹籠子，靜靜地擁在懷裡。我想，這世界對她而言也許是個籠子，而我也相信她曾經養過、愛過，一隻會飛的鳥。

遺失鑽石的小男孩

公園內，小男孩跪趴在草地上，滿身淤泥，兩眼無神，絕望的凝視著前方，一手按著兩天未進食的肚子，另一手撐地爬起，踉踉蹌蹌的坐上了搖椅，搖啊搖的，彷彿睡在嬰兒搖籃裡。

朦朧中，小男孩看見了媽媽，跟電視裡的天使一樣，有著很甜美的笑容，很溫柔的摸著他的頭，然後從懷裡拿出一個小錦盒，一打開，竟有一顆炫麗奪目的珠子。媽媽說：「這顆鑽石，將來等你長大了，送給你最美麗的新娘。」小男孩不知道這顆珠子除了美麗之外能做什麼，但媽媽的聲音始終迴繞。

兩天前，小男孩在公園跟同學打了一架就失蹤了。當天的作文題目是「我的媽媽」，可是小男孩連媽媽的照片都沒見過，只有爸爸告訴他，媽媽留給他一顆很美麗的鑽石。當同學說他沒有媽媽時，他大喊著：「不是的！」然後衝進家裡，翻出了那個小錦盒，跑回同學群中，正要非常驕傲的打開錦盒，突然一個調皮男生順手一揮，掀開的錦盒被拋落空中，鑽石呢？大家都說根本就沒有鑽石，但小男孩一直在滿地尋找著。

公園內，老先生坐在搖椅上，扶著欄杆，搖啊搖的，漸入夢鄉。夢中，滿身疲累的小男孩，終於在草叢中找到了鑽石，老先生感到很滿足，從此沒有醒來。

許久，有個小男孩發現，從老先生衣服口袋內，掉出一顆很美麗的——彈珠。

輯二

職場A咖

可能不可能

有個年輕工程師，老闆要他開發一種新的產品，他聽了後第一句話是：「不可能！目前的技術無法完成！」沒多久後，另一個工程師進來，完成新產品的研發，達成市場銷售額，當然也取代了這個「不可能」青年的職位。

台灣首富郭台銘，相信在他讀中國海專的時候，還沒有電腦這種東西的運用，但是他卻在資訊科技崛起的時代，創造了鴻海奇蹟。從小聾啞的王曉書，根本無法聽到節奏旋律，但卻成為伸展台上成功的模特兒。無法正常讀書，手指不靈活的劉俠，成為一個成功且影響深遠的作家。在韓國只有四根手指的李僖芽，反而成了著名的鋼琴演奏家，二十幾歲就巡迴世界演奏。

從小熱愛登山的馬克，在二十二歲時那年攀登紐西蘭第一高峰庫克山時，遭受暴風雪受困十四天，因嚴重凍傷造成他膝部以下全部截肢。然而，二十多年來，他沒有放棄自己，除了裝配義肢繼續登山外，還擔任滑雪嚮導、勵志演說家，甚至還成為頂尖的釀酒專家，以及雪梨殘障奧運會自行車比賽的銀牌得主。但是，他最大的夢想，卻是想要靠著義肢登上世界最高峰——珠穆朗瑪峰。終於，在二〇〇六年，他以四十天的時間跨越死亡區，成功登上珠穆朗瑪峰的峰頂。並且他表示：「身為一個雙腿截肢者，我只開發了極小部分的潛能，年輕的雙腿截肢者絕對比我強十倍，只看你想不想做。」

從小到大，我們遇到自己不熟悉的領域，或與所知所想完全相反的事，第一個反應總是：「不可能！」但是，永遠記得，當你說「不可能」的時候，別人已經完成了。在創造自己人生舞台的劇本裡，永遠不要說不可能；反而要向高山仰望，在那創造天地山海的神手中，行一切美妙的事，因為祂是真正稱無為有的那一位。

你怎麼看自己

有一個女孩，是天生的腦性麻痺患者，她全身無法自由伸展擺動，且無法言語。但卻靠著無比的毅力與對基督的信仰，在美國拿到了藝術博士並到處演講（基本上，她是不能言語的，所以也不能稱做「演講」，或許應該稱做用筆「演寫」），用親身的經驗來幫助並激勵許多人。

有一次，在某大學場合，當她正在「演寫」的時候，突然有個幼嫩學生當眾舉手問她：「妳從小就長成這個樣子，不能開口不能動的，妳怎麼看待自己？妳不怨恨神為何給妳如此命運嗎？」

在場的人員都捏了一把冷汗，不知道她會怎麼回答？但只見她回過頭，用粉筆在黑板上，一筆一劃很吃力的寫下幾個字：「我怎麼看自己？」她笑著回頭看了看大家後，又轉過身繼續寫著：「第一，我好可愛！第二我的腿美麗修長！第三，我的爸爸媽媽很愛我！第四，神好愛我！第五，我會畫畫！第六，我有隻可愛的貓！第七，我還有……！」

這時刻，教室內突然一片鴉雀無聲，全都瞪大了眼睛看著她；而她又回過頭來靜靜地環視台下一圈後，再轉身在黑板上寫下她的結論：「我只看我所有的，不看我所沒有的。」

頓時，台下響起如雷的掌聲，無論年齡多大，無數的人眼中湧出淚水。

是借的就該還

小杰在讀中學那年，被祖父從大陸接來台灣生活。祖父需人照顧，並且除了一些退休俸以外，並不富有。高中畢業後，小杰考上一所私立大學，學費比較貴，家裡負擔不起，於是向銀行申請助學貸款。

但是，畢業服役後，他一直沒有找到合適的工作，雖然學的是銀行保險，但他為人老實忠厚，不會一口兩舌，也不知隨機應變，因此經常被公司以業績不佳解雇。低沉無助之際，他只能在大賣場靠勞力打工，日子過得十分拮据，既要寄錢給大陸家人，還要奉養爺爺以及償還貸款。

某日，他在大賣場看見一名女子，因為拿東西不慎，險些被摔落的貨品打到，趕緊過去推開那女子，使得自己被撞傷。女子感激他的搭救，特別請他下班後在門口喝咖啡，閒聊時，女子聽出小杰的口音，便多一點關心的詢問，而小杰也在無意中說出自己正在償還助學貸款。這名女子為此瞪大了眼睛問：「你自己現在生活都那麼苦了，為什麼還惦記著貸款呢？你可以跟很多學生一樣，反正賴著不還嘛！」

小杰非常篤定的回答：「是借的，當然就應該還。」

不久後，小杰收到一份錄取通知，是一所知名大企業要他擔任出納的工作，等他去報到一看，才知道人事部主任就是當初在賣場的那位小姐，她說：「我希望你能跟我一起工作，因為在這時代，很多人都以為誠信已過時，卻不知人無信不立，只有誠信的人，才能真正擔當責任。我在你身上，看到了誠信，這是你最有價值的資產。」

信任的奇蹟

前蘇聯國戰期間，有一批關在西伯利亞的重度罪犯。某次，有項緊急且重要的任務，必須透過這個監獄的人送達到部隊，而且又是筆鉅款。這時，監獄裡沒有人能執行任務，除了那些可怕的罪犯。

這逼使軍方必須下一個重要的決定，相信這些剽悍又有膽量的搶劫犯能夠完成任務！他們決定把這麼重要的事情交給這兩個罪犯，而這兩個罪犯怎麼也沒有想到，自己會被託付攜帶鉅款到千里之外，且還有馬匹及槍枝，這樣的任務怎麼可能交在自己手上呢？他們無法置信。

但軍方及獄所的管理員皆願意相信他們，把這唯一的機會給他們。因此，他們冒著狂風暴雪的襲擊，凶殘猛獸的圍攻，衝破重重阻礙，甚至其中一個人還因飢餓與寒冷死在半途中，另一個人完成任務到達目的地時，也已經奄奄一息！他們即使捨棄性命，都要完成任務，因為這個任務讓他們感到生命重新有了價值。

信任，能夠發生強大力量，產生難以預料的奇蹟。唯有交託與信任，可以為自己與別人的生命，點燃希望的電光石火。

寬恕對手

我從事文字創意工作，經常要面對各種不同的意見與批評，我最記得年輕時剛在廣告公司擔任文案工作時，我們的上司就很感慨的說：「做文案啊！客戶可以改，業務可以改，只要會拿筆的人都會寫文案囉！」所以，做一名企劃文案工作者，不但要展現專業，還要學會調和各部門間不同的意見。

前一陣子，我面試一個工作，老闆問我：「如果同仁在工作的配合上，彼此有不同的意見怎麼辦？」

我說：「那麼我會傾聽他的意見，學習他的優點，珍賞他的特長，並適時的表達出我所顧慮的面向……。」

我相信，在工作上各人角度不同，年齡不同，所學不同，當然會有很多不同的意見，會處理的人就能展現團隊的加乘戰力；反之，內部惡鬥，你虞我詐，終致內耗而敗亡。這應該是現代中小企業中常見的事。

我聽說一個故事，在十八世紀時，法國科學家普魯斯特和貝索勒兩人，圍繞著定比定律爭論了九年之久，他們都堅持自己的觀點，互不相讓。

最後，普魯斯特獲得最後勝利，成了定比定律的發明者，但他卻向與他競爭激勵的對手貝索勒說：「要不是你一次次的責難，我是無法將定比定律研究下去的。」

同時，普魯斯特也向世人宣告，定比定律的發現，是他和貝索勒共同研究的成果。

因為，在普魯斯特看來，完完全全是貝索勒強烈的責難與批評，才能幫助普魯斯特做得更完善。

事實上，普魯斯特最大的成功是善於包容和吸納別人的意見。他允許別人的反對，不計較他人的態度，充分看到他人的長處，善於從他人身上吸取營養，並肯定和承認他人給自己的幫助。開闊胸襟，眼光高遠，愛你的敵人，終會得到最後的成功。

愛你所選擇的

有一天，家人聚在一起聊天，不禁大嘆景氣太差，物價上揚，薪資縮水，生活困難，我也搭腔著：「對啊，我現在除了破爛車子以外，也一無所有，薪資待遇比十年前少一半。」

結果母親馬上接腔：「那可是妳自己選擇的！妳如果當年沒有離開××企業集團，現在也是月入十幾萬的高級主管啊！」

是的，這提醒了我，當年是我主動選擇離開的，放棄了股份、職權、獎金，為著只想找出，我這一生活著是為了什麼？什麼是人生最高的價值？

有一個故事是這樣的，有一座高聳入雲，飛鳥難越的深山巨嶺，山前山後只有兩條路可供攀登，前山大路石片鋪就，筆直坦蕩；後山小路荊棘叢生，蜿蜒曲折。

一天，有父子三人來到山腳下，父親對兩個兒子說：「你們兩個比賽爬這座山，一人選擇一條路，大路平而近，小路險而遠；選擇哪條路，你們自己裁奪。」

兄弟倆思量再三，選擇好了自己的路，各自踏上征程。

一個月後，滿面紅光的哥哥穿著西裝革履出現在山頂，揮著筆挺的襟袖，走向充滿期待的父親：「我贏了！我贏了！這一路真是春風得意，平坦的大道，舒緩的坡度，平整的石階，每一步都令我心曠神怡。我的選擇是對的，只有傻瓜才會選擇崎嶇放棄平坦，聰明的選擇使我享受了得意的旅程，勝利的果實。」

父親慈祥的看著他說：「你的選擇是對的。」

過不久後，又一個身影出現了，他步履穩健，充滿了生命力，儘管消瘦、衣衫襤褸，雙目卻炯炯有神。散發著聰慧與睿智。爸爸一看就知道是小兒子回來了，遠遠迎過去，想要扶他一把，擦去他臉上的汗珠，未料小兒子先開心的跑過來說：「這趟旅程真是太有意義了，爸爸，感謝你給我選擇的機會，雖然陡峭的山巖阻擋我的攀爬，叢生的荊棘刺破了我的臂膀，疲憊的身心增添著孤獨的酸楚，但當我忍耐著堅持過來時，我就學會了靈活、機敏與自我保護，也學會了獨立與堅忍。我在山腰隨彩蝶共舞，躺在小溪邊聽百鳥鳴唱，這是最快樂的時光。在黃葉中看見豐碩的果實，從衰草叢內悟出新生的希望，我感覺自己在成熟，一吋吋的成熟。所以，爸爸，我感謝你給了我一次心靈選擇的機會。」

爸爸也是慈祥地看著他說：「你的選擇是對的。」

但哥哥卻露出不解的目光說：「但你輸了這場比賽啊！」

弟弟極目望向遠方，陽光映照在他的汗珠間，發出金光閃閃，他微笑著說：「可是，我贏得了人生！」

人生中最重要的事，是認識自己是誰？自己要的是什麼？清楚自己生存的價值意義，然後淋漓盡致的發揮生命內在潛能，那麼無論外界境遇如何，生活都能處處發光。

關鍵時刻

我家門口有兩家不同品牌的連鎖超商，幾年來業績平分秋色。但奇怪的是，這幾個月我發現，其中一家突然門庭若市，到底有什麼玄機？

經過幾次觀察，我發現贏得客戶那家超商，最大的不同是新來了一位售貨員，這個年輕男孩倒也不是外表長得有多帥，而是他比別人更熱情親切，主動推銷時不會給人壓迫感，客人有問題時也能立刻反應，總是帶著笑容工作；並且在每個客人離開時，也會用不同語句給予祝福，如：「阿婆，今天要快樂喔！」「妹妹，今天好棒！」「先生，祝您發票中獎。」……總之，好像每一個客人，都是他人生舞台中不同的寶貝一樣。

某日深夜，我下樓買宵夜，因為沒什麼客人，慢慢地就跟這個大男孩聊了起來，發現吸引客人有三個要點：

第一，當場傳達讚美與祝福。男孩對我說：「我的妹妹去年過世，她從小沒有自信，缺少讚美！因此，我把每一個客人，都當成我生命旅程曾經心愛的人，抓住當場機會，給他們祝福、讚美與鼓勵。」

第二，當場要學會謙卑道歉。男孩說：「小時候妹妹弄壞我的電動玩具，惹火了我，對她又打又罵。直到她臨終前，跟我說，『哥，對不起，我不該弄壞你的玩具！』我對她說，『不！哥對不起你，不該罵你打你的！』從此，我學會了道歉要在當場，要及時。」

第三，當場回應以贏得信賴。這男孩又說：「妹妹生病時有一天，她說她想吃巧克力，我跟她說那種食物不適合她，沒當一回事，直到她離世，都沒有吃到想吃的巧克力！因此，我學會別人有任何需要時，要立即回應，彼此之間才能有信賴託付感，不會有遺憾！」

原來，在人生的舞台上，無論你扮演何種角色，若想演出成功又快樂，就必須懂得掌握珍惜眼前的每一個人，把握當場的機會，獻上最深的祝福與關懷。

小喬

小喬是我固定每天去吃早餐店的店長，今年二十八歲，一個未婚有男友、很熱情的女孩。通常她會在十點多的時候打電話給我，叫我起床，問我今天是不是會準時到店，然後我說：「當然！」每次一用餐，都會聊天到十一、二點才離開，所以那對我而言，叫做早午餐。

小喬這家店是一種新型態的餐飲連鎖，主攻會員型態，餐點是三大杯不同的鹼性流質飲食，含括所有一天必備的營養品，外加可攜走的一大壺兩千CC的茶，比起我在外面亂買飲料，算是划算多了。

此外，小喬會每週幫我管理體重、體脂肪等，當然，所有的會員也都會做這樣的健康管理，甚至了解客人的生活作息狀況，很自然的跟每種類型不同的客人打成一片，其中尤以學生、年輕人居多，還有需要健康管理的兄弟象球員哩！

以消費來說，小喬的早餐店，一次約要花費一百元，這似乎貴了點，但就我幾個月觀察看來，她們生意非但沒有減少，還吸引了很多年輕人想投入這事業。

有許多路過的人，看到這樣一家與眾不同的店面，會進來看看，了解是什麼東西，接著小喬就會熱切的解說，並贈予體驗券，免費試吃，這樣的方法也吸引了不少會員。

所以，我想產品內容的規劃很重要，但更重要的是，對客人的關心，拉近鄰里的關係，一邊飲用食物一邊彼此關懷，了解對方的問題，傾聽對方的心聲；不僅是買賣雙方間，小喬更會為客人間彼此介紹，架構起堅固的人際平台，這樣客源就會更穩定，因為大家都熟識、有感情了。

最近，我的體重與體脂肪絲毫沒有變動，小喬有點緊張，深怕她沒有幫助到我，沒有管理好我的健康狀況。因此，不斷勸我晚上也要過來吃，一定要嚴格控制飲食；但我跟她說：「這真的很難，因為晚上我要陪我老公一起吃飯！結了婚就是不一樣啊！妳不知道，我像妳這年齡，都已經結婚了，要維持婚姻這麼久，很不容易的！」

小喬說：「那妳可以先到我們這裡吃，然後再陪大哥吃，吃一點青菜就好了啊！」

我笑著回答：「哪這麼容易？他會拼命給我夾菜的，還要你一口我一口哩！所以我們夫妻倆才會一樣重，衣服褲子都還可以互穿哩！簡直像雙胞胎！」

其實，我相信小喬不一定是為了多做點生意，她是很真誠的，相信公司的健康管理法能夠幫助人；她這樣相信公司理念，而我相信她，這就是行銷成功的方法。

為自己打氣

二十二歲的卡登，決定獨自騎單車遊法國，但到巴黎時盤纏用盡，只好打工賺旅費，但只找到一個推銷果汁機的工作；這時一句法文也不會說的卡登，只好把推銷詞背得滾瓜爛熟。

他第一次登門拜訪時，出來一個主婦，一聽他的法文發音，猛搖頭聳聳肩說：「一個美國人……，唉！」但卡登並不灰心，脫下帽子，拿出產品廣告單，指著法文推銷詞，他的熱心與動作，讓這名主婦忍不住笑了起來，接著卡登有機會拿出更多產品介紹說明。

對卡登來講，這個工作很困難，但他每天早上出門時，總是在鏡中對自己說：「要在此生活體驗，就要做此工作；既然要做此工作，就要開心的工作。所以每次按門鈴時，要記得自己是個散播快樂的天使。」

為自己打氣，不但消除了卡登對這份工作的畏懼與厭惡，更轉變成為充滿冒險的樂趣，他因此成為當年全公司獲利最高的推銷員。

當我們把畏懼當成舞台遊戲，把不喜歡的東西當成新體驗的歡喜，做什麼事就會充滿活力，這是邁向成功的踏腳石。

英雄所見略同

有一天我跟我老闆談到一個問題，我說：「怎麼現在我們幾個英文翻譯，翻譯自不同的網站，卻會翻到同樣的文章，彼此重複著；而中文編輯找文稿，看不同的書，都會找到同樣架構內容的事例材料，這怎麼辦呢？」

我老闆回答：「這叫做英雄所見略同！」

我突然領悟，原來這就是在辦公室中正面思考與負面思考的不同點。

這件事若是正面思考，叫做英雄所見略同；若是負面思考叫做大家做白工，天下文章一大抄。若是正面思考，叫做同事們真是同心合意，必能滿有祝福；若是負面思考，叫做我們真是貧窮，換不出幾道菜色來。

正面思考，激勵你工作的動力；負面思考，讓你對工作充滿無力。

健康的心態才有健康的工作環境，正確的觀念才能創造正確的產品。

你選擇哪一樣呢？你可以選擇你的心態，態度決定了氣度，氣度決定了你生命的深度，深度決定了你人生發展的高度。

早已準備好

二次大戰中，巴頓將軍是有名的常勝將軍。當盟軍將領正熱烈討論要不要對德軍展開大進攻時，偏偏幾次會議巴頓都沒有參加。終於有一次，巴頓出席了，但他的發言非常簡單：「要進攻，就趕快進攻，不必討論了。」眾人最後採取了他的建議：立刻進攻。

會後，一個部屬問將軍：「需要這麼急嗎？難道我們不需要更周全的計畫？」

巴頓回答：「不需要了，因為我已經準備了四十年。」

許多人常覺得，在職場中沒有適合的位置，在感情上沒有匹配的愛人；但若換一個角度想，自己真的準備好了嗎？在我們的人生戰場、工作職場、生活情場上，如果要像巴頓將軍一樣，贏得勝利果實，那麼就必須隨時注重蘊藏能量，成為一個準備好的人。不要被動的等待時機，而要主動的在平常就累積專業能力、資源、誠信、心態等，建立正確的生活工作價值觀，那麼到機會來時，勝利就是屬於你的。

見招拆招

有一個少年上山拜師學劍，一個月後，少年問師父：「您看我需要學多久，才能擁有像您一樣的劍術呢？」

師父打量了一下少年說：「依你的資質，大概需要十年。」

少年又問：「如果我加倍努力，別人一天練八小時，我練十六小時，這樣可否提前練成？」

高人搖搖頭說：「哦！不，那至少還需要二十年！」

少年滿臉困惑，更加努力怎麼反而成功時間越久呢？

師父看出徒弟的問題，笑著繼續說：「因為當你把所有的時間都放在練習招式上，而沒有學會如何臨場對陣的情境反應，就會忽略對環境變化的觀察。一個真正的絕世高手，懂得如何隨著環境的變化，去改變他的劍招。」

理論是一種知識，但要懂得如何分辨不同情境，這就需要透亮的智慧。好比許多高學歷人士畢業後，有時很難適應整個職場環境，只想改變別人或改變環境，卻無法學習如何在不同的情境中，都能創造出屬於自己的一席之地。

我認識一個女性高階經理人，說實在她的學歷不算高，經歷不豐富，但她卻能很有智慧的創造出屬於自己的領導風格，在每一個情境中，越是困難與挫敗，越能從谷底反彈，死裡復活，擁有更多的能量與智慧。有一天，我問她為什麼能擁有這種看清一切的優勢與智慧呢？她說：「因為我從小到大，隨著父親工作的轉換，必須常常搬家、轉學，也造成了一些學習上的困難，所以我只好學著去適應不同的環境。」

無論你是領導者或被領導者，這兩者之間成功快樂與否的關鍵，其實並沒有什麼標準答案，完全視自己會不會隨著情境來改變自己；只有懂得在情境中隨機應變，知道如何適時的放棄主觀與堅持，那麼你做任何事，都能勝任愉快了。

敲破固定框框

某家股票走紅的大企業，招收新進人員時，其中出了幾道考題，例如：「避孕藥的主要成分是什麼？」答案是：「抗生素！」再如：「放煙火時為什麼不會射到星星？」答案是：「星星會閃！」

這並非僅是一個笑話，而是告訴我們，大企業新進人員為什麼考的不是學校裡的專業知識呢？因為在資訊爆炸的時代，許多人的知識僵化，總圍繞在既定的思考範疇中，以致缺乏市場敏銳度、行銷創意力、以及環境適應性，這樣自然就無法在公司生存，幫助企業成長，提升經濟競爭力。

有一個成功企業家，記者訪問他：「您最希望員工具備哪一項能力呢？」他回答：「我沒有確切的答案，我只能說做任何事要客觀，不能主觀。當你愈主觀，你就會愈自我保護；愈自我保護，就愈會替自己找藉口；你找的藉口愈多，失敗就愈多。只有當你愈客觀，你就會愈投入；你愈投入，就會找到更多的解決方案；你找到的解決方案愈多，就愈會成功。」

所以，在我們工作的舞台上，需要隨身攜帶一個小鎚子，敲破腦袋裡的既定框框，及舊有思維，才能吸收更多的光源，得到靈感，找出方向，贏得成功。

雪松

有個失意的中年男子，面對事業危機、工作壓力、與主管相處不睦，家庭裡夫妻關係又溝通不良，這些為難境遇讓他十分懊惱痛苦，再也無法承受來自各方的逼迫。終於，他決定不顧一切請假半個月出外自助旅遊，並做心理調適。

這天，他預備遊覽中國大陸一處名山，據說這山路有個奇景，在上山岔路間分為東西兩個山頭，西山有大大小小各樣的松柏，東山卻很獨特，僅有一棵巨大的雪松傲然獨立。

男子決定一探究竟，就在他來到分岔的山谷時，突然飄起大雪，令他無法前進，正好有一小亭，便在此觀賞雪景。在漫天雪片飛舞的美景中，他發現了風向的移動，似乎東邊山頭的雪要比西邊山頭的雪，灑落得更疾猛！他看見了那棵毅然挺立的大雪松，有些奇怪的現象，讓他不由得腳步往東走去。慢慢地，他發現當紛飛的雪花飄落在雪松上越來越厚重時，那看似細小的枝椏，竟能富有彈性的彎曲，讓積雪自動滑落。就這樣，反覆積雪，反覆滑落，無論雪飄散得如何猛烈，雪松始終完好無損。但是，其他的樹因為不能彎曲，很快的就被折斷了。至於西邊山頭，因為雪下得小，所以樹並未受到嚴重損害。

這時，男子突然恍然大悟，明白了一個道理，生存的法則就是不論環境壓力有多大，只要安靜觀賞默然承受一切洗禮；當承受不了的時候，需要柔韌的彈性，彎下腰來，抖落一身塵埃，那麼再酷寒沉重的冰雪，都會自然飄落。

因為一棵雪松的生命奇蹟，讓這名男子下山後，決心重新站起來，面對工作與家庭中一切的壓力與困境。他明白一件事，只有自己有彈性，就能改變心境，創造環境。

金錢符號

有個剛自研究所畢業的年輕人，找工作卻處處碰壁，不是職務無法發揮所長，就是薪水沒有預期多。於是，他失業在家一年多，除了父母給他的生活費，連一毛薪水都沒有，意志非常消沉。

有一天，一個已成為企業主管的大學同學寄了封電子郵件給他，裡面有句話，是微軟總裁比爾蓋茲說的：「當你擁有上億資產的時候，金錢對你來說無疑只是個符號。」然後，朋友在下面注釋了一句話送給他：「也許我們都不是富翁，但難道我們一生追求的只是個符號嗎？」

這時，這個年輕人突然恍然大悟，問他事業成功的同學：「如果沒有任何利益，你還願意做你現在的工作嗎？」同學回答：「當然！我熱愛我的工作，不是因為高薪誘使我更加努力，而是這工作本身，讓我感覺到自己對他人的意義與價值。並且，當我越不在乎報酬全心投入，反而得到更多報酬；心靈富足，荷包滿足，就是真正的富翁！」

只因一封溫暖電子郵件的問候，這個頂著高學歷光環的年輕人，改變他的觀念，不再計較薪水，找到一件他覺得最有意義的事付諸行動。最後，他成為一家文化教育機構的經營者。這時，他告訴當年令他改變觀念的同學：「我現在真正明白，最大的富有不是數字符號多寡，而是能夠為別人付出多少；付出的愛越多，擁有的財富越多！」

自己就是寶藏

一個十八歲女孩，因為青春期長滿雀斑、痘子，皮膚又有點黑，因此十分自卑。畢業舞會將屆，她非常不想參加，擔心自己被冷落出糗；經母親一再鼓勵，且幫她按著自己的臉型身材膚色，打扮置裝，親自陪伴她參加畢業舞會。不料，卻在她走進會場的剎那，眾人訝異地說：「哇！這是哪來的美女啊？」受寵若驚中，才知自己原來也有美麗的一面。

一個家境窮困的女孩，學費與生活費都是東拼西湊來的，還要打工賺錢貼補家用，每天只能吃黃瓜白飯，衣著也是自己用舊剪刀裁出的時髦T恤。但她從不覺得自己貧窮，也絕不放棄學業，甚至面對別人的驚訝或憐憫，她說：「雖然表面上我很窮，但心理上我覺得比誰都富有，所以我並不比別人差啊！」因此，她大學還沒畢業，就成了某名牌服飾店的店長。

許多時候，我們之所以未能成功，是因為低估自己，以為寶藏在遠方，或在別人身上，卻不知原來自己正是一座寶藏哩！

銀行家父親

自從傑克有記憶開始，就不喜歡父親，因為他是個廚師，經常身上沾滿了油煙味，一回到家又不肯先換衣服洗澡，就要對傑克又抱又吻的，讓傑克覺得難聞又難受！

傑克十歲那年，有一天父親在廚房教傑克作餐點，但傑克只喜歡玩著紅蘿蔔，切成各種形狀。這時，父親見孩子漫不經心的樣子，就問：「傑克，你有沒有想過，自己將來的興趣與志向是什麼？」

傑克隨便回答：「嗯！我要進入跨國公司工作，成為傑出的有錢人。」

父親隨即問：「可是我是問你對什麼東西最有興趣……？」

這令傑克一時語塞，不知如何回答，似乎從未認真思考過這個問題。這時，父親突然嘆口氣說：「唉！如果經濟再如此不景氣，爸爸只好放棄當廚師，回到華爾街當銀行家了！」

傑克很驚訝，自己的廚師父親腦子壞了嗎？他怎麼可能當銀行家呢？他只能跟油煙在一起啊！便疑惑著問：「爸爸，你是說，你會成為穿西裝打領帶的有錢人？」

父親回答：「在你兩歲以前，爸爸都在華爾街上班，但經常要到午夜後才能回到家，這使我精疲力盡，無法好好抱著你，陪你長大。有一次，深夜凌晨兩點，我總算在辦公室把工作做完，才拿起我的晚餐，啃著漢堡麵包，簡直又硬又難吃，根本無法滿足我挑剔的胃。這一刻，我下定決心，要脫離金融業，好好展現我的廚藝，這才找到自己真正的興趣與幸福呀！」

傑克簡直不能相信自己所聽到的。原來，自己有個銀行家父親，而非一向以為臭臭髒髒的廚師父親。原來，父親不但是銀行家，更是偉大的廚師。

此後，傑克明白，一個人不是為著表象的金錢地位而工作生活，而是要清楚自己的志趣，投入熱愛的工作，才有真正的快樂。於是，二十年後，傑克沒有成為廚師，也沒有成為銀行家，但卻在雕刻藝術圈中，綻放光芒；這項嗜好的發現，也許正是那年父親教他切蘿蔔而開始的吧！

不同的眼光

尼爾是德州一名專門販賣音響器材的成功企業家，但他其實只是從一個小業務員做起，到如今擁有龐大的賣場，甚至自己的辦公大樓，這贏得了許多人的尊敬。

有一天，尼爾正在餐廳吃飯的時候，聽見後面有著竹竿敲打地面的聲音，他下意識的認為，那一定是個盲人，他轉動了一下身子。盲人也發現前面有人，遂停下腳步，上前對尼爾說：「先生，我是個盲人，可以請您幫幫我嗎？」

尼爾客氣的說：「沒關係，你說吧！」

那盲人隨即掏出了一個皮夾，對尼爾說：「先生，這是全新的真皮皮夾，您一定看得見，這皮柔軟發亮啊！一個皮夾只要兩塊錢美元，您買我的皮夾吧？」

尼爾隨即拿出了錢說：「我不缺皮夾，但我很願意買你的東西。這錢你不用找了！」

盲人摸了一下那鈔票，竟然是一百美元！不禁嘴裡連連說著感激的話：「您是我見過最好心的先生啊！真謝謝您！」

尼爾正準備起身離開的時候，盲人又拉住了他說：「先生，您不知道啊！其實我並不是生來就瞎的，都是二十年前在這街上有家西餐廳的大火……。」他似乎想博取更多的同情。

「哦——！」尼爾怔了怔，疑惑的問：「你是在那場大火中受傷失明的嗎？」

「對啊！從此以後我就到處流浪，孤苦伶仃，當年的肇事人也沒賠償，我真命苦啊……！」盲人不斷抱怨著。

尼爾拍了拍盲人的肩膀：「我也是在那場大火中受傷的，我也失明，並且被毀容了……，來，你摸摸我的臉，還有傷痕哩！」尼爾抓起盲人的手，摸著自己凹凸不平的下顎。

這會兒，盲人顯得更忿忿地說：「這一定是神對我不公平啊！同樣都受傷了，為什麼你可以成為有錢人，而我卻落魄潦倒呢？」

尼爾笑了笑說：「不！我從來不覺得我的命運是悲慘的，也從來不覺得神對我是不公平的！因為我失去了視力，所以我有更敏銳的聽力，才能分辨音響的好壞，創造出銷售的佳績。我相信，任何表面的不幸，都是神要給我更大的祝福。時間證明了我的信念！」

一個人心靈的眼睛看見什麼，就能夠得到什麼。盲人看見神對他不公平，所以一直活在困境中；尼爾看見他一切的困境，只為了彰顯神更多的恩典，所以他活出了成功的人生。

找出自己的天空

二十世紀初，有個年輕人菲爾，他的父親開設洗衣店，非常希望兒子能接管店鋪。但菲爾不喜歡經營洗衣店，所以整天無精打采，毫無生氣，只是很無奈的做些爸爸叫他做而不得不做的事。這使他父親非常傷心，覺得兒子不努力上進，將來必定家業敗光。

有一天，菲爾對父親說：「爸爸，我想去機械廠工作！」話沒說完，父親就氣個半死，心想兒子放著洗衣店現成的生意不做，居然要去當個機械工人，大為失望，並且極力反對。

但是菲爾仍然堅持自己的想法，整天和油膩的機械打交道，從事比洗衣店還辛苦的工作；但他熱愛這份工作，不斷的研發創新，變得比以前更開朗。同時也努力求學上進，選修工程學課程，研究飛機引擎。

許多年後，他成為波音飛機公司的總裁，製造出「空中飛行堡壘」轟炸機，影響二次世界大戰中盟軍的勝利。

在我們一生中，工作不是僅為著賺錢生活，而是創造人生價值。所以，找出自己生命的價值與意義，明白興趣所在，投以熱愛，通盤考量，詳加規劃，堅持到底，努力不懈，夢想就會實現。

趣味魔術師

有一個在中國大陸從事民俗技藝表演的人，他是個魔術師，最擅長把普通的事物變得鮮活有趣，如一張紙變成一隻鴿子，一枝筆變做一隻蜥蜴……總之，他擅長於把死的東西變成活的生物，或者將單調的枯葉變成美味可口的青菜。

然而在雜耍團中，他的表演並不算出色，而且很辛苦，也賺不了什麼錢。有一次，我舊地重遊再一次的看他表演，落幕後忍不住問他：「您做這工作有幾十年了吧？會不會辛苦又無聊啊？」「不！我這工作才有趣哩！天天可以變花樣給人看，多好呢！」當時，在我的觀念總認為，每天面對著不同的觀眾做著同樣的事，又辛苦錢又少，有什麼意思呢？

在他的回答中，我發現了一件事，工作有趣與否，最重要的是你的心理狀態。如果你常常抱怨，當然痛苦！如果你只當成是為著餬口，當然無聊又無趣。但是，你如果把自己當成工作的魔術師，把無趣變有趣，任何事對你都會充滿動力。

很多人習慣說著上課無聊、工作無趣，做什麼都壓力重。其實，換一個角度想，你認為無聊無趣的事，正有另一群人覺得有勁有趣哩！唯有在工作中感知樂趣，抱持興味，才能得心應手，成為製造工作趣味的魔術師。

不受誘惑才能贏

小華與大成畢業於同一個農村的高中，結果又在大城市某著名大學成為同學，怎麼也沒料到，上了大學後，際遇竟完全不同。

小華第一次進入這五光十色的都會生活，充滿好奇，不但整日浸泡網路遊戲，還到夜店消磨，學會抽煙、喝酒，因為他覺得自己好不容易可以脫離鄉下，過屬於都市人的生活。對他而言，學校中的考試太嚴、作業太難，常常玩樂通宵，隔天蹺課……。

但大成的生活完全不一樣，他覺得考試嚴厲就提前準備，作業太難就多花時間研究，朋友過生日，總銘記祝福送到最重要，早去早回不耽擱。同時，大成因為感念從鄉下到城裡讀書不易，父母賺錢辛苦，因此他絕不花錢涉足奢侈場合。對於同學一再的邀約，一同享受青春時光的刺激玩樂，總不為所動；甚至許多同學譏諷嘲笑，說他又俗又土，他也堅持不受誘惑，只管一心一意把功課做好。

就在大三那年，小華因為飲酒騎車，不幸出車禍喪生，賠上一條珍貴的年輕生命。此其同時，大成竟自己研發出一套軟體，而被資訊公司網羅，成為特約的實習工程師，畢業後沒幾年，就成為該股票上市公司的研發主管了。

青春，每個人都只有一次；唯有在環境中不受誘惑，堅持在生活中學習成長，懷抱目標與信念，才能真正活出屬於青春的燦爛光采。

我願聽你訴說

安妮是我的高中死黨，有什麼心事我都會找她訴說，通常她都不太表示意見，總是安靜的聽，然後客觀的分析，給予心理上的支持與情緒上的撫慰。

記得有一次我告訴安妮，我跟男友的問題，她不會掉入我的情緒，更不會對我男友或者我的作法，有主觀的批評建議，反而對我說：「別生氣，最重要的是，你在這件事上學到什麼？是否更懂得與人相處的訣竅，知道如何關懷、體諒對方？」這讓我每件事都知道用積極的角度看待，跳出自己的情緒思維。當然，更重要的是，她從來不會把別人對她的心情傾訴，去向其他第三者散播。

大學畢業後，安妮順利進入一家企業擔任業務工作，很快就獲得拔擢。有次見面時我問她：「妳又不學這行的，沒想到這麼會推銷？到底客戶是怎麼被妳說服的啊？」

她笑了笑說：「我從不覺得自己在說服別人購買什麼東西啊！我只是願意跟每個客戶做朋友，引導他們說出心裡的需要與盼望，然後站在客戶利益的角度幫助他們啊！」

這時我才明白，外表柔弱的安妮，原來是藉著善於傾聽，並運用傾聽，分析出對方需要，而對症下藥，才創造出高業績成長目標。

有時，我們並不一定要強勢地說服他人，而需按捺住說話的慾望，耐心傾聽對方話中意思，徹底瞭解其需要，經分析研判後再行動，如此不但能紓解對方情緒，緩解緊張情勢，更能使自己真正得到對方的倚重信託。

請你幫我忙

威爾是一名年輕的視覺設計師，他與夥伴創業開設廣告創意公司，但每次到某家企業提案，總是在最後關頭鎩羽而歸；雖感氣餒，但這家公司又總不會拒絕他，並且很認真的看他的設計，且每次有提案比稿的機會，都會通知他。因此，威爾對這樣的客戶，到底該放棄與否，深感為難！

這次，循往例這家企業又邀請威爾參與提案比稿，威爾非常審慎評估，經過百餘次失敗後，到底這次還要不要參加？他猶豫著，除非找出失敗的原因，或者換個方法，否則根本行不通。於是，他經過幾番研究，發現要拿到案子，把事情做好，必須先從根本面著手，那就是真正瞭解對方的需求，讓對方有發揮自己長才的機會；才不至於辛辛苦苦爬山，結果快爬到山頂時才發現自己爬錯了山。

幾天後，他拿了六張畫家們尚未完成的草圖，進入顧客的辦公室說：「如果您願意，我想請您幫我一個小忙？這些是還沒有完成的草圖，你認為可以如何修改才會對貴公司產生效益呢？」

這個顧客看了看後，對威爾說：「能不能留在我這幾天？我好好研究吧！」威爾感激莫名。回去後，過幾天過來拿建議與草圖，並根據顧客的需要重新設計。

結果他非常快的搶到這個案子，而那個買主甚至將全年的廣告總代理，都簽約給威爾，因為他相信，只有威爾能明白他想要的是什麼。

我們若用謙卑的心待人，鼓勵別人說出想法，尊重別人的長才，會使自己更快能掌握到顧客的需要，從而建立彼此的信任關係，這往往會產生難以想像的價值。

風險

某位資深的金融界領導人，一次記者訪問他的成功訣竅時，他說了這樣一個故事。

當年，他只是一個在股市裡幫客戶操作的營業員，某次企業併購風暴中，他經過分析，報告給主管，目前狀況如果不投資，比較沒有風險；但投資的話有風險，卻可解決目前的問題，也能有較大獲利。他問主管該如何決定。

主管回答他：「你說呢？人生哪裡沒有風險？行動可能導致錯誤，但也可能解決問題帶來成長，但不行動卻是活在過去，在停滯中萎縮；行動需要勇氣，不行動表示恐懼；行動建立信心，不行動產生懷疑。」

從此，這個小小的營業員懂得取決標準，為自己與客戶帶來可觀利潤。如今，他以金融界領導人的身分，告訴記者：「我知道這世界有許多人都不想冒險，因為冒險會跌倒、受傷、甚至死亡，但每當有人跟我說不想冒險的問題時，我就回答他，人生本來就是個不斷冒險的過程！如果你不冒一點險，在這棟辦公大樓裡，隨時有人在電腦前，要把你取代！沒有人能一輩子保有工作，如果不主動積極採取行動，才是最大的風險！」

成功的人永遠思考一件事——在信心裡行動，不怕挫折與失敗，不顧受傷，不怕跌倒，堅定恆切地挑戰難關，必能衝破阻礙，達到目標。

為工作而生活

我有個朋友，未及四十即白髮蒼蒼，頭頂一片沙漠，每次見到他時，總要恭賀他最近又添了些許智慧之光，但他總是一副無奈地說：「現在生活不容易！壓力大啊！」

我突然發覺，這世界大部分人是為了生活而工作，為了滿足活在這世上許許多多的慾望而工作。但是，真正快樂並成功的人，卻是為了工作而生活的，這樣的人能夠從工作中獲得趣味與滿足。實在說來，與其心不甘情不願的工作，倒不如不要作，在台灣因為不快樂而自殺的人，絕對比餓死的多。

以現代社會而言，一般人一天至少超過三分之一的時間在工作，甚至許多人早就超過一半、三分之二的時間了；所以，整日對工作厭煩，產生壓力，當然也就容易衰老；反之，懂得為工作而生活，能夠從工作中發現價值、實現理想、找出樂趣的人，才擁有真正的幸福。

工作就是報酬

發明電磁反應的一代科學巨匠法拉第，於十八世紀出生於英國的一個鐵匠家庭，生活貧困悽苦，甚至在九歲那年父親離世，因此他必須輟學以擔負家計，開始在文具店、書店當學童，也當過送報童，但他從來沒有放棄自學，反而藉著這些在書店、裝訂廠工作的機會，博覽群籍，自行做實驗研究。

二十歲那年，他聽到著名科學家戴維教授的演講，十分著迷。之後，戴維徵求實驗助手，於是法拉第主動寫了自我推薦函；在面試的時候，戴維告訴他：「你很幸運，目前我的機器運轉沒有發生意外，所以你必須趁此時間回答我的問題。首先，你的自我推薦函以及研究實驗筆記，我都詳細看過，但為何沒有註明你出自哪所大學？」

法拉第回答：「是的，我沒有讀過大學。」

戴維訝異的說：「但你的筆記與論點，已經超出大學的水準啊？」

「因為我的家就是實驗室，我天天沉迷閱讀、實驗、研究。」法拉第誠懇的說。

「可是你知道嗎？科學研究是一件必須嘔心瀝血，身心交瘁，且又報酬低微的工作。」戴維反問著說。

法拉第輕鬆且自然的回答：「但我認為工作的本身就是最大的報酬。」

因此，戴維首度破格收留法拉第成為他的研究助手，並在其指導下幾年後即發表多項發明成果。因而這段對談，成了法拉第成功的門檻，其實重點在於戴維要的是對研究實驗的熱情投入，法拉第著重沉醉學習過程，因此兩人一拍即合；倘若戴維重視的是學歷，法拉第重視的是報酬，那麼這場面試肯定不會成功，如今的我們也不可能享受他們的發明成就。清楚自己與對方要什麼，是面試對談的要訣。

腦力與勞力

最近常跟我老公談到家裡經濟的狀況，他總說大不了沒存款時他下班去7-11打工，我不免問，時薪工作人員，真的只要你想做就有得做了嗎？今天晚上吃飯的時候，我不禁想到從前我說因為負債經濟困難的時候，有個朋友就說，沒有什麼不能做的，可以去餐廳打工啊！

這讓我覺得，抱持著這樣心態的人，其實患有一種職業驕狂症，也就是說，包括我老公在內，是瞧不起藍領的，總認為自己的工作靠腦力，勞力只要願意付出就可以吃飯了，事實上這完全是錯誤的！

大家每天看我在打電腦，這樣比較高級嗎？不會電腦的人，就什麼都可以做，是這樣的嗎？我認為這樣想法的人腦袋真的有偏差！

我偏偏就是一個不會做手腳勞力的人，這讓我很自卑！誰能想到，有人不會打掃，不會洗碗，不會洗衣服，不會端盤子，因為從小就沒有做過，因為從小就身體不好，皮膚不好，根本不能碰這些，所以我對這些工作反應就是慢三拍；那麼有人要說，妳這叫命好囉！這又是另一種歧視！因為你願意來幫我生病嗎？誰願意啊！誰願意跟別人過著不一樣的生活長大呢？誰願意跟別的女孩不一樣呢？

不但先天條件不足，而且有些技能，我還就是沒這根筋，比如我就是沒有音樂音感的天份，我就是舌頭打轉到不行，所以我的語言天份不好，所以我就不能去做這些工作，這有什麼辦法呢？這可以努力得來嗎？

還有，我雖然學過護理，還普考及格，但偏偏我會背書讀書，護理技術就是不行，幫女病人導尿從來沒成功過，甚至在手術房實習時，只能跟著做一些盲腸炎或割包皮的手術，因為我根本不能刷手（進手術室都要刷手），刷了手皮膚立刻紅腫！還有，在門診實習時，因為小兒科我不能洗器械，所以被調到心臟科門診量血壓，這些都是曾經讓我很挫敗的事！我知道我沒有能夠服務人的手腳技能，我只能靠無邊想像力的腦袋瓜！這樣我知道我不能在護理界走下去，只能做暫時幾年的臨時工作，而這暫時幾年的護理工作，我也只能做精神科，因為精神科只要發藥、會談等，頂多需要打針的技術，而打針的技術是我最拿手的。

不是每一個人都可以做每項工作，不是低的工作就有較多的工作機會，可以有較多的人來做，而中高的工作就是較少的人，或是說少數優秀的人才能做高級的工作，我認為那是天賦特點不同，而不是努力勞力不同；那是性格特質不同，而不能以優劣高低之不同來看待。

像我現在，我能做什麼工作呢？回去做精神科護士嗎？但我太久沒做執照都沒了，普考及格證書又如何呢？換言之，我的手指已經搖筆桿打字二十年，已經不太會拿針筒打針了！這是一個我必須去面對的現實！我做廣告傳播企劃文案、中文文字編輯之類的工作已經快二十年了，我還會做什麼呢？真的不是所有的工作，只要你願付出勞力去做都可以做的。

靠勞力真的就能生活嗎？我覺得這不是一個肯定或否定的答案，而是我們必須相信並接受，這世界上依然有很多人，或許被疾病或某種狀況所困擾，或先天或後天，或性格或特質，就是想靠勞力生活都沒有辦法。所以，拋棄自己獨眼獸的習慣吧！所謂獨眼獸，就是永遠只看到自己所自以為是的那一角。

現在能做的事

記得我小時候，是一個非常多愁善感的女孩，深怕做錯事，被師長同學嫌棄。每逢月考，我擔心的不是考前的預備，而是交卷後的成績，這常讓我無法安睡，緊張地啃手指頭，把指甲都咬破了。

有一次學校舉行運動會，在接力賽跑中，我們班上本來預定一定可以進入前三名的，但卻在失誤中，慘遭滑鐵盧，全班同學都懊惱不已，我更是自責，覺得都是因為自己沒有苦練。

這時，班導進來教室，看到大家臉色沮喪，無法專心上課，便在打開書本前，命令大家在教室外的洗手台集合。大家都以為，班導一定是丟面子要訓話，但事實並非如此。

我們看見老師手中拿著自己的玻璃杯，裡面盛著滿滿的茶水，突然間她手一揮，杯子掉落洗手檯，摔成碎片，茶水潑灑一池子。同學都嚇一跳，不知道這是怎麼回事？這時老師一邊撿起碎片與茶渣，一邊說：「你們看，杯子碎了，剛泡好的茶水也沒了，無論如何都收不回來。現在能做的事，就是提醒自己小心點，下次不再犯，然後收拾殘局，忘記沒喝到的茶水，趕緊另泡一杯。所以，讓我們一起做現在該做的事吧！」

從這事以後，給我很大的啟發。那位老師讓我明白，人生旅程最重要的是，無須為過去傷悲，緊緊抓住現在的機會。

付出的期待

強生是一家多媒體影片製作公司的經營者，創業不久就遇到經濟不景氣，客戶預算縮減，因此公司連續三季，幾乎沒有案子可做，處於虧損狀態。

眼看中秋節將屆，強生仍然竭盡所能，向銀行周轉一筆錢，當成獎金發放。這時，強生的妻子對他說：「我們財務狀況已經這麼困難了，你還要發放獎金，結果這些人不但不感恩，還處處比較、批評、埋怨，不如趕快讓這些人走路，我們還可以省點開銷！」

強生回答：「別這樣想，夥伴們也是要生活的！照顧每個人，是我們的責任，本來我就不期望他們有所感恩或回饋。因為，期待別人的感謝，只會使自己不快樂；真正的快樂，不是有所得，而是在為別人著想，為他人擔待付出，才是最大的滿足。如我居然還能發放獎金給別人，我不正需要為此感恩嗎？」

沒多久，公司內有個頗獲強生栽培的主管，竟然帶著幾個屬下離開，甚至把客戶也帶走，簡直是落井下石，屋漏偏逢連夜雨，還導致公司上下一片混亂，強生的妻子又抱怨地說：「這人真沒良心啊！」

強生卻微笑地說：「不要問別人如何，但要問自己做什麼！想想耶穌幫助多少罪人與病人，但有幾個人真心感謝祂呢？所以想想，我能比主耶穌更受到感恩與擁戴嗎？期待別人的回報那是自尋煩惱啊！」

由於強生做生意，出發點都在為對方著想，不久後客戶逐漸回籠，且由於信任評價高，案子越來越多，甚至一年後公司在各方面都加倍成長。

當我們要對人付出時，該認識付出的本身就是一種滿足快樂；而期待別人有所回饋，那只會讓我們失去快樂。

蘭花草

小琪小學畢業那年的夏天，住到外公外婆家，過了一段美好的山村鄉居時光，離去時依依不捨，外公知道小琪的心情，特別送她三株蘭花草。

小琪以為有了這三株蘭花草，必然能景色延續；很興奮地當起蘭花媽媽，天天拼命澆水灌溉，每日早晚，必定觀看其有無變化。有一天，爸爸看見小琪為著蘭花的生長，如此焦急，特別過來關心地問：「小琪，妳過來仔細看看，這第一株蘭花草已經有點枯萎囉！」

小琪看後果然如此，嚇得說：「可是我很用心地照顧它，為什麼會這樣呢？」

爸爸再把土稍微撥開地說：「妳看，第一株已經開始枯萎，第二株根部有點受傷，第三株因為妳在澆花施肥的時候，已經所剩無幾，所以還無任何衰殘跡象。」

「為什麼呢？」小琪疑惑地問，爸爸笑著說：「因為要照顧一個生命的生長，必須了解其特質，知道生長階段的需求，否則給予過多或過少都是一種傷害，而且還要耐心的等待，這樣才能開花結果啊！」

聽了爸爸的話，小琪專心研究關於照顧蘭花的知識，並且相信既然外公給的是蘭花草，所以不需心急，只要有正確的照顧，一定能開出美麗的蘭花。果然，第三株蘭花草在四個月後，開出了小小花苞，雖然很小，卻讓小琪興奮不已！

這件事影響小琪將來成為一個教育連鎖企業的領導人，懂得按照每個人的特質，去灌溉其生命的成長；並在信心與耐心中，用真實的愛去照顧，這才能締造出繁茂盛景。

輯三

話語人際

誰來晚餐

據說，曾經在一個美麗的森林裡，有一群動物，原本相處融洽，近來卻由於資源短缺，彼此相爭，禍亂連連，即將面臨生存危機！於是，有一隻熱心膽大的兔子，積極奔走各族群之間，謀求解決之道。

終於，各族的領袖有了一個重大決定，那就是在森林中舉辦一個晚會盛宴，每個族群的動物，都要去負責邀請客人，但誰會邀請誰來赴宴呢？直到當天結果揭曉：

第一組進來坐下的客人：是由小紅帽邀請的大野狼，因為大野狼可惡騙人，使得小紅帽才有成長的智慧，所以要獻上感謝。

第二組：由老鼠邀請的大象，因為大象曾讓老鼠騎在自己身上過河。

第三組：蜜蜂姊姊邀請許多工蜂，因為能採蜜過冬，全靠同伴的幫忙！

第四組：至於最可愛的三隻小豬，邀請了他們的爸爸媽媽，因為有爸爸的照顧，才使他們白白胖胖。

第五組：貓頭鷹還是酷酷地掛在枝頭上，但留了個位置，大家好奇地問客人是誰？牠說：「月亮小姐啊！雖然有時候我很嫉妒她跟我比美，但她的形狀變化與亮光卻指引著時間潮汐！」

第六組：貓熊搖著屁股走過來，口裡含著一根竹子，大家問：「你是來參加盛宴的，怎麼還帶著爛竹子呢？」貓熊說：「竹子是我的客人啊！我只要還有幾根竹子吃，就充滿了感謝與滿足！」

第七組：誰也沒有想到，小羊邀請的客人，居然是獅子，他不怕獅子把他吃了嗎？這隻小羊居然說：「就是因為獅子沒吃飽才會吃我啊！所以我邀請他來吃飽，並且幫他找更好吃的食物，我們就會從敵人變朋友！」大家都對小羊熱烈鼓掌。

這座森林經過這場感恩盛宴後，又恢復了百年前的祥和，因為不管任何族群的動物，他們都懂得彼此感謝，互相幫忙，多為別人著想，這使得森林資源又豐富起來。

預言家媽媽

腓力是一名軟體程式設計師，他設計了一種角色模擬的網路遊戲，遊戲名稱叫做「預言家媽媽」。

遊戲一開始，你可以選擇要扮演哪一種媽媽，高矮胖瘦、學經歷、年齡、脾氣……，然後再輸入你想要的孩子，兒子或女兒，長相如何等等。當角色選定後，可自由進入以下空間：

【飯廳】媽媽選擇說：「還不好好吃飯，就知道玩！」孩子大哭，不會吃飯不會長大也不會玩。媽媽退出重選：「乖，先好好吃飯，等下媽媽陪你玩積木！」小孩大口的吃飯，得分。這樣可以一直玩到孩子長大成為餐廳老闆。

【門口】媽媽說：「每次叫你穿外套就是不聽，現在感冒了吧！」小孩頭暈，嚇到變成光屁屁的嬰兒。媽媽重新輸入：「乖乖，出門要記得穿上你最喜歡的史奴比外套喔！」孩子高興的進去拿外套，然後親一下媽媽。孩子長大後成為醫生。

【客廳】媽媽坐在沙發上說：「叫你好好去練琴不聽，將來有什麼才藝跟人家比？」突然間，孩子更畏縮不敢彈琴，電腦音效失控無聲。重新回到主畫面，媽媽再輸入：「乖乖，你彈琴時有什麼感覺嗎？媽媽要你練琴，希望你懂得音樂的美妙哩！」遊戲畫面往前，變成精彩的多媒體演奏，孩子也長大成為音樂家。

【書房】媽媽在書桌前大喊：「告訴你還小，不要隨便玩我的電腦，你就是不聽！」孩子的心成了落湯雞，再也不敢碰任何機器，遊戲無法往前。媽媽重新選擇：「寶貝好棒喔！將來一定是電腦專家，媽媽會給你屬於自己的電腦喔！」遊戲加一百分，繼續往前，一直到孩子長大成為電腦專家。

【公園】媽媽在後面追著孩子：「看吧！叫你不要跑那麼快，果然跌倒了吧！」孩子血流不止，扣一百分。媽媽說：「跌倒了不要緊，趕快站起來不哭才是勇敢的孩子。」突然得分激增，一直玩到孩子長大成為奧運金牌選手。

以上是大略的遊戲概況，在還沒有發行之前，腓力決定把這個遊戲專利權送給安娜奶奶，安娜奶奶是孤兒院院長，從小撫養腓力長大，她告訴腓力：「創造世界的神是你的父，所以你不虞匱乏。」這使腓力從不覺得自己缺少什麼。她也告訴腓力：「你將來一定會成功的，因為神賜給你智慧與勇氣。」所以，如今腓力十八歲就在資訊界嶄露頭角。

安娜奶奶是腓力的預言家媽媽，她說的都是正面、積極、鼓勵的話，這些都成為腓力的人生骨架，使他從小到大，健康成長，勇敢去實現遠大的夢想。

小石頭戀人

莉莉在脖子上掛著一條項鍊，上面串著一個小石頭，她總是像愛人般的呵護著，常常摸著這塊有稜有角又尖銳的小石頭，因為實在看不出這塊小石頭有什麼珍奇，同事們就認為，這一定是她男朋友送的！終於一天，有個同事決定問個清楚。

結果她回答：「雖不中，亦不遠矣！」怎麼說呢？大家很好奇！她繼續說：「有一天我跟男朋友吵架，很生氣的甩頭就走，突然在公園人行道上，腳被一顆小石頭扎到，正蹲下來撿拾時，才發現自己每天走的道路居然如此美麗，有小草、小花，卻從來沒發現過啊！我突然領悟，男友的執著，也是對我的關心；我們的吵架，才讓我更加學習到什麼是男女間不同的溝通模式。所以我很珍惜這顆小石頭啊！它總提醒我，當我跟男友相處有什麼不愉快時，要趕快要換一個角度思考：感謝他還在我身邊，還會在乎我；更感謝他讓我發現自己並不完整，還有許多可以改進的空間！」

生活中讓我們感到不愉快，產生摩擦的人，其實不是經常相處的人，就是自己所關心的人。可是，許多乍然感覺的痛，從另一個角度看也是別有風景，正是神所恩賜我們生命成長的必經之路！

愛你的敵人

美國南北戰爭時，代表南方軍隊的羅勃將軍，某次在回答傑弗遜總統的問題時，大為讚賞某位經常與自己意見不合的軍官，結果在場有另一名軍官，對羅勃將軍的回答十分驚訝地說：「將軍，您知道嗎？那位軍官將來可能是你的死敵，他一有機會便用惡毒話語攻擊你！」

羅勃將軍笑了笑說：「是的！但總統問的是我對他的看法，不是他對我的看法啊！」這樣的對談回應傳開後，使羅勃將軍將軍聲望提高，更被信賴授權。

四千多年前，埃及國王阿克圖曾對兒子說：「你要成為一個領導者，必須記得，對敵人要用平和的態度；甚至對待每一個人，你的給予必須大於索取；而若有一天，你能在與人相處間，讓人感到你能給予而無求索取時，那才是真正的成功者。」

兩千多年前，耶穌就說過：「你們的仇敵，要愛他！」消滅敵人的最大本領，不是憤怒，也非爭對錯或更加刺激對方，而是要站在對方立場，反其道而行，先運用接受並同意對方的態度，進行交流，溫暖他的心，那麼敵人自然被消滅，朋友會不斷增多。

幸福聚寶盆

醫院裡有個在門診注射處服務的胖護士，她非常喜歡蒐集各種笑臉娃娃貼紙，並在桌上放了一本筆記簿，每天有人打針不哭時，有人跟她說謝謝時，有小朋友被她逗得破涕為笑時……，她都會在本子上貼上一個笑臉；甚至有人不耐煩問她問題時，她也會貼上笑臉，表示自己能解決別人的問題。她本子上的笑臉貼紙，一天比一天多，每天下班，她抱著整本笑臉，感到好滿足！令人想不到的是，有天她宣佈要結婚了；更驚訝的是，她嫁的是院長的弟弟。

原來，院長的媽媽是個非常愁苦又嚴肅的老太婆，經常為自己要打針痛苦不堪；有一天打針時，老夫人發現了胖護士的筆記本，貼滿了各種不同的笑臉，忍不住呵呵地笑了起來！老夫人開始跟這個胖護士接觸，才發現原來生活中每件事都值得感恩，即使別人的惱怒或錯待，都可以當作一種成長的體驗，而用感恩的笑臉去看待。於是，老夫人把胖護士介紹給家中不快樂的小兒子，從此老夫人的家中充滿了快樂的笑臉！

小笑臉累積，會成為大快樂；小感恩累積，會成為大祝福。幸福是用如何面對平凡小事物的心態聚集而成的，心態影響言行，言行構築你所擁有的世界。所以，在每一個人的心靈，都有個聚寶盆，只要將每件事轉化成小感恩，奇蹟就會發生！

窘境急轉彎

病房護理站中，兩個醫師正討論病人治療方案，一個護士突然插嘴說：「何不試試上個月的新藥呢？」結果其中一個醫師打斷了她說：「唉呀！妳上個月不是才把那個藥名弄錯了嗎？」護士立刻滿臉通紅地掩面離開。

某大飯店中，早晨一對夫婦正要退房離去，作丈夫的留下了五百元小費在梳妝台，太太隨即抓起鈔票來嚷著：「這家飯店連五星級都夠不上……！」這個動作立刻被迎面進來請安的飯店經理撞個正著，作丈夫的趕快拔腿溜走。

某大報社舉辦一場座談會，甲作家出了暢銷新書，正沉浸在眾人的讚美聲中，但乙作家有點妒忌，開玩笑地說：「我很喜歡你這本書，從哪裡模仿來的創意啊？」甲作家回敬說：「我很謝謝你喜歡它，不知道誰告訴你的啊？」

生活中常會有許多人，讓你在公共場合中出窘或感到受辱，這可能是你的愛人、同事、朋友，如果你憤怒以對，對方可能認為不過是個玩笑，你太神經質、缺乏幽默了。倘若你緊急中回敬對方，一不小心也會弄個針鋒相對，不歡而散。所以，不妨先沉默以對，運用時間，急中生智，轉換心境與處境。最重要的是，別花太多時間為你所受的傷害煩惱，也無須計較他人是否故意針對你，反而要感恩對方也許正是在乎你哩！

好人緣秘方

維妮連續大學四年都當選學生會主席，但說實在的，她一點都不漂亮，個頭矮身材微胖；口才也不出色，不會出現什麼拍案叫絕的驚人之語；當然，她的學業也沒多優異，頂多維持個中上水準；辦事能力上，也頂多跟其他競爭對手差不多啊！

那麼，到底她憑什麼擊敗眾多美女才子對手，獲得廣大支持，年年贏得選票，榮登學生會主席寶座呢？

原來，她每件事都願意主動嘗試，非常謙虛的向人請教，有不懂的問題，她善於運用人際資源，向有各種專長的人學習；在她眼中，無論高矮胖瘦，智愚拙巧，每個人都有一分特點；且她更善於集合這些人的特點，把他們擺在自己每件事規劃思考中的適當位置，讓每個人都能發揮長才，受到更多肯定與讚美。因此，人人喜歡跟她接觸，與她合作，在大家心中，維妮除了熱情以外，更有一顆謙卑、敏銳、積極，懂得激勵別人進步，帶給人溫暖的心。這樣一顆心，比什麼都重要。

原來，學習別人的優點，懂得請教良師，其實還算不得多大本事。重點是，還能把一般人所以為的通病缺點，當成優點來看待並運用，幫助人把缺點提升到優點，這就是贏的秘方。

日本管理之神松下幸之助有句話說：「我有三個缺點，也是我的優點。第一，我家裡貧窮；第二，我沒有學歷；第三我身體不好。」這三大弱點怎麼會成為優點呢？松下幸之助繼續說：「貧窮讓我知道必須奮鬥才能成功，沒學歷讓我知道需要不斷自學，身體差讓我更謙卑地知道需要別人的協助。」

我們若能去除對人的主觀好惡，即使看到別人的缺點或失敗，都當成自己可學習的經驗，相信成功必然不遠。

你是對的

某哲學教授有三個學生，其中有兩個學生正為著一個問題辯論不休，爭得面紅耳赤，難分勝負，誰也不肯認輸。其中一個首先按捺不住的學生，即刻跑到教授辦公室，呈上自己的研究報告分析，力爭到底，表示自己的觀點絕對正確。於是，教授告訴他一句話：「嗯！你是對的！」

這個學生一聽，非常高興的跑到跟自己爭論的同學面前炫耀說：「教授已經很明白的評論出我們的研究，他說我是對的。」

同學一聽十分不甘心，立刻也跑到教授面前，拿出自己的研究報告推論，陳述自己的觀點才是這份人生哲學研究的結論。於是，教授仔細翻看其論文報告後，笑著對他說：「嗯嗯！你是對的！」

這讓正在教授辦公室內，幫忙整理資料的教授女兒，十分不解的問：「爸爸，他們兩個人明明不同，甚至持完全相反的的觀點，為什麼您的評論是兩個人都對呢？莫非你對其中一個人說謊？可是你從小教導我，也以身作則，從來不說假話的啊！」

這時，教授笑著對女兒說：「嗯！哈哈哈，你是對的！」女兒狐疑著，低頭頓了一下，看見父親桌上這兩個同學的研究專題，都是關於人際相處的生活哲學，而父親回答：「你是對的！」原來，這句話才真正應該是兩人研究論文的總結啊！

我們與人相處溝通對談時，如果能夠少講一句話，願意先謙卑下來，多聽別人的意見，接納別人的思考角度，欣賞對方「你是對的」，那麼就不會陷入唇槍舌劍，是非之爭，人與人之間自然衝突減少，包容增加，和諧擴大，從而活出真正美好的生活哲學。

高帽子

關於「高帽子」的趣聞，記得曾有個故事，說到一名年輕人，一畢業沒多久就到政府機關擔任要員工作，當他去會見老師的時候，老師說：「你一畢業就有這麼好的工作，可你準備了什麼呢？」

學生說：「我……，準備了一百頂高帽子。」

老師知曉學生話中之意，不悅的教訓著：「年輕人不好好學點本事，盡會些諂媚巴結，這怎麼得了？」

學生嘆了口氣，謙卑地說：「老師啊！我也是沒辦法，想想這年頭，能像您這樣律己甚嚴，公正廉明，守正不阿的人，真的沒幾個啊！」

老師想想，頗有道理，學生也是為了生計，沒辦法。

學生從老師家出來後，同學們相繼問道：「怎麼，那天跟老師見面，他對你的新工作可有什麼看法？」

學生攤手笑了笑後，說：「沒有啊！我送了他一頂高帽子後，他就安然收下，什麼也沒說啦！」

說好話、讚美人，需了解對方的特質，才能說到人的心坎裡；而在何種場面中對何種人說怎樣的話，得體的話，讓人舒服的話，更是贏的關鍵。

這裡是燈塔

一艘軍艦在入夜之後，瞭望員突然向船長報告：「右舷有燈光逼近。」這顯示對方可能會撞上來，後果不堪設想。

船長命令信號手通知對方：「我們正迎面駛來，建議你轉向二十度。」

對方回答：「我建議貴船轉向二十度。」

船長不高興地再次下令：「我是船長，叫他轉向二十度。」

對方說：「我是二等水手，請貴船轉向二十度。」

船長一時怒不可遏，大叫著：「告訴他，我們這是戰艦，他必須轉向二十度。」

對方信號傳來：「這裡是燈塔。」

我們總以為自己所看見的是事實的全部，但其實正如這位在濃霧中的船長，永遠叫別人轉向，卻不知道問題出在自己身上；轉換思維，溝通能更清楚，情況會改觀。

聆聽的魅力

美國女企業家瑪莉，有一位專屬美容師，每次為她服務的時候，總會向瑪莉傾訴自己婚姻的不幸，並請教她自己是否應該離婚。

面對這個問題，瑪莉並不清楚她的家庭情形，怎麼能隨便出意見呢？所以，每次美容師問她的時候，她就反問一遍：「你看應該怎麼辦？」這時，美容師就認真的考慮一下，然後說出自己應該如何如何。第二天，瑪莉就收到美容師的鮮花和感謝信。一年之後，瑪莉又收到她的感謝信，說她的婚姻十分美滿，感謝瑪莉為她出的好主意。

事實上，瑪莉什麼主意也沒說，只是以足夠的耐心與沉靜的態度感染當事者，讓她能夠從非理智的情境轉換到理智的情境中，像思考別人的事情一樣來思考自己的事情，從而能解決自己的問題。

這就是聆聽的魅力所在。在現代複雜繁忙的人際關係中，我們常有滿腔的憂煩想要找人傾訴。但一個真正好的傾聽者，不是打斷別人的思緒，也不是拼命加諸自己的意見去教導別人，而是需要有同情和沉穩的目光，懂得用安靜與理性耐心傾聽，才能真正毫不費力的幫助對方。

主人或狗

有個小女孩，養了一隻可愛溫馴的博美犬。有天她帶著小狗，在家裡附近的公園溜達時，一不注意，小狗被隔壁鄰居男生豢養的大狗咬了一口，受傷地叫著！鄰居很不好意思的趕快把小博美犬抱來還給小女孩，小女孩一臉疼惜狀，把狗接過來抱在懷裡，又親又吻地，不料小博美犬這時竟然咬了主人的手指頭，還抓傷她的臉。

鄰居男生在旁看見，很不理解的說：「你不是這隻狗的主人嗎？你這麼疼牠，牠怎麼會反而咬妳呢？」

小女孩竟然不顧自己也被抓傷、咬傷，笑著對男生說：「對啊！因為我是牠主人，所以我知道牠咬我，是因為牠受傷了……！不是因為牠恨我，或者蓄意攻擊我，只因為這是牠受傷的本能反應，牠要防衛自己，怕再度受傷！」

在我們的生活中，難免與人有摩擦，而感到不愉快、受傷！但是，當你受傷的時候，是像狗一樣繼續咬人讓傷害擴大呢？還是像這個小女孩般，以充滿了憐惜、體諒的心情，來對待對方；使疼痛的傷害，變成充滿祝福的愛。

當別人傷害我們的時候，只因為，他受傷了……！

我們都是好朋友

亞倫所讀的大學並非名校，成績也不算優異，外表不但不出色，且由於小時候的一場車禍，造成跛腿，走路一拐一拐的，再加上說話又有點結巴，看起來總是差人一等。

但就在亞倫大學畢業後五年，他在大企業中連連高升，業績突破，去年個人年薪超過六十萬美元，這讓人非常訝異！在一次家族聚會中，一個非常嫉妒他的表弟艾迪趁機問他：「好久不見，聽說你真是太棒了，業績高人一等啊！真該向你請教，是怎麼達到的？」

他客氣地說：「沒有啦！其實都是靠朋友幫忙的。我很感謝上帝讓我有很多缺點，所以我更需要戰戰兢兢，向別人多學習。我感謝我的朋友，在他們困難時想到我，因此我願意赴湯蹈火，與朋友同甘共苦；我也願意對朋友絕對的信任與瞭解，隨時記得每個人生活的喜好與習慣，不斷地肯定、鼓勵、關懷，耐心地傾聽他們的問題與心事，尊重他們的隱私，並且誠實、守信、不嫉妒、不遷怒，接受朋友不能改變的事實。偶爾我也會犯錯，當我不小心得罪朋友時，我願用最大的誠意，在適當的機會勇於認錯。……其實，大概也就是這些，朋友，是我這些年最大的寶藏，很高興能與你分享。」

許多時候，我們以為自己擁有很多、很優秀、總以自身利益得失與主觀感覺、表面好壞來判斷人、對待人，卻未不計一切付出真誠，因此沒有知心至交。亞倫的富有並不是他的業績與年薪，而是他的內心，對自己以及別人所持誠懇熱情、正面積極的心態，這才是挖不盡的寶藏。

裝作不知道

記得國中時候，因為學校在師大附近，所以常會有一些實習老師來試教，雖然感覺上我們這些學生好像變成實驗對象，但我們真的很喜歡這些實習老師，他們年輕的外表與青澀又帶點羞怯的教學方式，成了我們枯燥繁重課業中的取樂話題。

我最忘不了的是有個國文老師，她姓林，身材嬌小，很可愛、機智又幽默，記得她第一次上課的時候，才正在黑板上寫了幾個字，突然有個同學叫了起來：「喔！妳寫的字比我們張老師還漂亮哩！」

全班哄堂一笑！但是，坐在後面的我，發現我們的班導張老師正坐在教室後面，臉色十分尷尬，我猜想這個來實習的林老師，想必也不知道該怎麼轉過頭來，面對正在監視她教學的張老師吧！一個教育界初生之犢，碰上了學生稚嫩的發言，也許同學們覺得很好笑，但是對她而言，學生把她跟坐在後面打分數的教育界前輩比較，這真的有點難堪！林老師若是轉過身，肯定要在張老師面前謙虛幾句吧！不料，林老師裝作什麼都沒聽到，繼續寫了幾個字，頭也不回地說：「怎麼不安靜看課文，還在下面大聲喧嘩呢？」

她這麼一說，打醒了同學們的笑鬧，也使得後座張老師臉上的尷尬，頓時鬆懈了下來。

那時候，我發現我喜歡這位嬌小的林老師，真不是沒道理的，她對實際上同學們尷尬的稱讚與笑鬧，裝作沒聽清楚，反而直擊學生的喧鬧，解除了自己與教育界前輩之間可能出現的不愉快。一方面，巧妙的告訴張老師自己根本沒聽到這種無聊的比較；另一方面，又打擊了這個取鬧同學的興致，避免繼續下去，造成再次的尷尬。

一個即將畢業進入社會的年輕實習老師，能有這樣的反應機智，不得不令我佩服。從此我知道，人有的時候在面對某種環境時，為著他人與自己的益處，是需要裝作不知道的；沉默一下裝作不知道，可能會改變你即將發生危機的人際關係。

偉大的苦工

繪畫大師達文西，在一次藝術家聚會上，對雕刻家大放厥詞：「雕刻是機械呆板的工作，沒多少智力，卻需花費許多苦力，而且每天從頭到腳都是粉塵，像水泥工與油漆匠一樣，骯髒不堪。」

這些話立刻刺傷了當場的雕刻大師米開朗基羅，讓他感到備受屈辱，甚至開始失眠。

但是他並沒有放棄自己，或因為達文西的話而受打擊頹敗，反而積極接受西斯廷教堂天頂畫的工作，並用了四年時間，完成這個工程浩大的作品；且由於長期仰臉作畫的緣故，遭致頸椎變形。

然而米開朗基羅這幅偉大作品，不僅讓拉斐爾讚嘆至極，連達文西看到這幅傑作後，居然走到米開朗基羅面前，對他說：「請原諒我當年對雕刻家的出言不遜，觸怒了你，我為自己的自大狂傲的卑劣發言，向你道歉。」

米開朗基羅說：「藝術家必須互相原諒彼此的過錯。」

每個人都有不夠完美的地方，但是當一個人感覺被刺傷的時候，不是消極後退或即刻發怒攻擊，而是轉化成為積極上進的力量，這才能獲得更大成就，贏得別人尊敬。同時，我們在說話時，也需要多考慮別人的感受，當發覺自己有所得罪人時，要勇敢面對對方，誠懇的道歉，這樣才能擁有更為海闊天空的心靈世界。

讓您滿意

米開朗基羅在未完成傲世作品大衛像之前，並不算是首屈一指的名家。因此，當他進行大衛像最後修飾的某一天，市長進入他的工作室，把這作品端詳一番後，批評道：「看起來不錯，但就是鼻子大了點。」

米開朗基羅看到市長站在大雕像的正下方，因為視角不正確所導致的論點。但對於市長這個外行人的評斷，他非但不生氣，反而很謙虛的點頭，並且立即拿起工具，帶著市長登上鷹架，而市長站在下面鷹架上，他自己則爬到雕像鼻子的部位，用刻刀輕輕地敲著，落下一些碎石。

事實上，米開朗基羅並沒有針對雕像的鼻子做真正幅度性的更動，但卻讓市長感到他很努力地在修改。接著，米開朗基羅帶著市長下來，站在另一個位置，親切禮貌地請教市長：「您看看，這樣有沒有好一點？」

市長立刻說：「嗯！我比較喜歡這樣，太好了，這座雕像真是鬼斧神工，栩栩如生啊！」

我們每個人都很可能掉入自以為是的陷阱裡，據理力爭，有時往往兩敗俱傷；反之謙卑地先接受別人的意見，冷靜思考問題點，並找出相持不下的關鍵所在，才能達成共識，締造雙贏。

激起你的興趣

安祖從小一貧如洗，僅讀過四年書，剛開始工作時，工資每小時兩分錢，但他去世後卻留下三億六千五百萬的遺產捐贈給慈善機構；他的成功，是因為知道如何對待別人。

比如有次，他妹妹有兩個就讀耶魯大學的兒子，很久沒寫信回家，無論母親怎麼催促都沒用，於是安祖告訴妹妹，他不必要求姪子回信，他們就會立刻回信，他的方法是信的內容都是些閒聊的話題，但信的末尾附帶說隨信送給姪子五美元，但是信中並沒有這五美元。

很快的，三日內他就收到姪子的回信，信中一開頭就說：「謝謝親愛的安祖舅父……。」接下說些什麼，可想而知。安祖與妹妹所用方法不同，卻得到回信的效果，只因為安祖知道對方的注意力在哪裡。

還有個故事，是五歲的波特，吵著不願意上幼稚園，坐在客廳的地上拼命哭鬧，爸媽一看第二天就要送他上學了，這可怎麼得了？依照慣性，爸媽會將他趕進房間，第二天乖乖上幼稚園。

但這次，做父親的心想，如果這樣會使兒子心情更糟，於是便跟妻子兩人在桌上畫起手指畫，享受其中的樂趣，兒子在牆角偷看著，不久就要求加入這遊戲，然後父親就趁機對波特說：「現在不行喔！你必須先去幼稚園學會怎麼畫手指畫，才能加入我們！」結果，第二天波特就準時起床，對爸爸說：「我要去幼稚園了，不能遲到喔！」

我們需要一直的學習，關心對方的需要，瞭解對方的興趣，激起對方的渴望，這是達成雙贏的人際溝通秘訣。

認錯的魅力

華倫是一名商業藝術家，某次一個長期客戶的承辦單位，更換部門承辦人，偏偏這人對設計公司心中另有所屬，於是在華倫提出完稿圖後，他吹毛求疵地認定華倫有失誤，如同抓住小辮子般，把作品痛罵一頓，批評得體無完膚。

華倫默默聽完客戶的怒聲責備後，謙卑地說：「先生，您說的對！我的失誤不可原諒，尤其我為貴公司設計這麼多年，還不了解貴公司的需求，這真讓我感到慚愧啊！我為自己的錯誤，造成您的煩惱，深深的致歉！」

原本滿懷敵意的承辦人，聽完華倫這番話後，頓了一下，態度立即轉換地說：「喔！沒關係，這只是小錯誤啦！」

華倫接著說：「不！任何錯誤都很大，會教人不舒服。我應該更謹慎一點啊！尤其您這麼照顧我，我一定要使您滿意。所以，我預備重新製作一次。」

「不！不！」承辦人聽了華倫這番話後，客氣地說：「不用那麼麻煩了！你只要稍微修改一點，這花不了不少錢！畢竟這是小事，別擔心！」

當華倫越是自我批評認錯時，就越使承辦人的怒氣全消！最後，甚至還邀華倫共進午餐；分手前又開給華倫另一項承諾，交付華倫另一個新的案子。

許多人在面對批評指責時，總是武裝自衛，辯解不休，結果反而造成僵局。但是，我們若能學習勇於認錯，尊重對方觀點，才是解決問題的方法，更有意想不到的收穫！

改變的力量

多拉老師在一所小學任教，這學期她換了一個新的班級當導師，而這班偏偏是全校有名的調皮班，尤其是有個名叫湯姆的男孩，更是難纏！他愛惡作劇、打架、欺負女生、對老師沒禮貌等；但他天資聰穎，功課極佳。

這問題使多拉老師非常頭痛，憂心忡忡。一個月後，她終於想出教導學生的一連串對策。首先，她在某日對露西說：「妳的衣服很漂亮喔！」接著沒幾分鐘又對愛麗斯說：「妳的圖畫很美哩！」再轉頭看見湯姆，這孩子連正眼都不瞧老師一下，多拉卻滿帶微笑的對湯姆說：「湯姆啊！我發現你是天生領導人才，所以我希望你能把班上秩序管理好！」

這句話不禁令湯姆睜大了眼睛，更令全班同學驚訝！一個從來不遵守秩序的人，如何能夠成為同學表率，管理秩序呢？但是，奇蹟發生了！自從湯姆不斷的被鼓勵，得到老師的讚賞和肯定後，性情逐漸改變，開始注意自己的言行，且懂得關心幫助同學。

我們常發現別人帶來麻煩的問題，但如果換一個角度看，問題點的背後有矛盾點，矛盾點正代表著另一面機會的產生，而刺激機會點就會產生優點，創造佳績，反敗為勝。所以，轉向正面思考，強化對方信心，多說肯定話語，將會產生無比力量，改變自己與別人共同生活的天空，迎向生命無限美麗的藍天白雲。

妳平安就好

一天傍晚，兩個戀愛中的年輕人，為了一件小事鬧彆扭。分手時，男生要送女生回去，女生執意不肯，逕自和女同學走了。

男生雖然對女友的這種舉動餘怒未消，但怎麼想也放心不下，想著自己心愛的人就這樣離去，她家裡附近還是一些彎曲的暗巷，所以實在不放心，又不敢貿然打手機給女友。

直到晚間九點，女生回到家裡，聽到家裡的電話響了，她拿起話筒，彼方傳來男友的聲音說：「妳……，到家了嗎？我一直對妳放心不下，妳沒事吧！妳平安回到家我就放心了……！耶穌愛妳，我也愛妳！」聽到男友這一番話，女生只覺得心頭一熱，感到很窩心，怒火頓消，原本「至少三天不理他」的決定也放棄了。

在重要時機的一番關愛，向戀人傳遞自己的牽掛，語雖短，情卻長；話雖簡，意卻濃。這會令對方怦然心動，怨氣全消。

真摯的情意，適切的表達，無限的關愛，可以將彼此的關係，從陰霾潮濕的雨天，變成春意盎然的晴日。

太太萬歲

在同事眼中，大家都知道小張是個大男人主義者，而且他也以此自詡。不料結婚三個月後，他突然變成了「太太萬歲」，這到底是什麼原因呢？有一次，我忍不住的問他太太，如何擁有高明的御夫術？只見他太太輕描淡寫的說：

「很簡單啊！關於水電、住宅、日用品等問題，我都會跟我先生商量，他也會以一家之主的身分來下結論。可是後來發現所有的決定權仍然在我這裡。」

「為什麼呢？」我還是有點不解。

「因為我每次跟他講話的時候，都用疑問的口氣問他：『有什麼好辦法？』將決定權送給他啊！」

原來，這位張太太還真是攻心有術。當一家之主受到信賴，自尊心得到維繫時，心裡就飄飄然，以為決定權在自己手中，其實都是以太太的主張為結論。

在溝通的時候，用疑問代替命令，這是一種愛的尊重。

輯四

愛是你我

最美的角落

有一個創業成功的青年才俊，他在繁華的都會地段，買了一棟豪宅，並且請了英國最有名的設計師裝潢，家裡所有使用的器具，也都是名牌物品。有一天，他請了幾位學者專家到家裡吃飯，看看他家中美輪美奐的華麗排場。

席間，他的五歲女兒，突然抱了一個很美麗且國外特製的凱蒂貓娃娃，爬到他的腿上說：「把比，我要把這個娃娃借給你……！」

年輕父親不解的問：「為什麼？爸爸不需要啊！」

小女孩說：「因為你上班常常好多天好多天看不見我啊！我先借給你帶在身邊，你就會像看到我一樣高興喔！」

作父親的還是一臉莫名其妙的說：「好啦——！你先自己去房間玩，爸爸這裡有客人！」迅速地把小女兒趕進房間，繼續周旋於許多學者專家間。

茶餘飯後，剛好有位音樂教授坐在主人的旁邊，這位青年企業家就問音樂家：「我覺得孩子學音樂真是太重要了，你認為我五歲的女兒，將來學鋼琴好呢？還是學小提琴？在她這個年齡，到底學什麼最重要？」

音樂家沉思了一會兒，回答他：「嗯，不瞞您說，以我的角度來看，我覺得她這個年齡，最需要學習的事，應該是如何擁抱她親愛的人，比如如何擁抱她的父親及母親，那麼以後她才會懂得如何擁抱音樂的美妙！」

企業家低頭一會兒，再揚起嘴笑著說：「謝謝您這樣指教我！」

宴會快結束時，青年企業家又問一位畫家：「您看看，您覺得我這個新家，最美麗的角落是哪一個地方？哪個設計最好呢？請您指教一下！」

這個畫家非常謙卑的說：「不敢！不敢！其實整體的設計佈局都夠得上國際水準，無可挑剔！但我相信，那最美的角落，其實正在您的心底喔！」

客人都走了後，青年企業家經過女兒房間時，看見女兒抱著凱蒂貓甜蜜的酣睡著，然後妻子正彎下腰，在女兒的胖嘟嘟的小臉頰上，獻上輕輕的一吻。這一幕，讓他佇立在房門口，整個人呆住了，他流下眼淚……！因為眼前的畫面，正是整個家中最美的角落。

只有父母與兒女間的擁抱與親吻最重要，也最美麗，因為無法替代，也永遠無法重來！

諾言

許多年前，土耳其發生大地震，造成許多房屋倒塌。當時，亞倫全家才從美國遷居到土耳其工作沒多久，就發生這事，驚慌中，亞倫迅速安頓好妻子，立刻跑到兒子魯比的學校，眼前所見全是一片瘡痍，校舍夷為平地。他掩面痛哭，想起自己帶著兒子來到這塊土地時，曾對兒子說過的話：「不論發生任何事，爸爸都會在你身邊的。」

於是，亞倫立刻徒手挖掘，但救難人員告訴他：「這樣做是沒有用的，還是交給我們吧！這裡火災頻傳，到處可能發生爆炸，你待在這裡太危險了，回家吧！」

但亞倫沒有放棄，跪下來對消防隊長說：「不！我留在這裡跟你們一起救援，我不會妨害你們的，求你們幫幫我吧！」

一個個消防隊員，莫不為這父親的請求，感動流淚，全組人員打起精神，不放棄任何希望，繼續進行探測挖掘。

時間一分一秒過去，甚至超過搶救的黃金七十二小時，但是亞倫沒有放棄，他的雙手與身上，佈滿土石瓦礫造成的血痕，所有人都精疲力盡，在即將放棄時，亞倫還是用全身力量，抱起移開一塊大石頭，這時他感覺聽到有喘息的聲音，立刻喊著：「魯比，是你嗎？」

沒想到，他竟然聽到回音：「爸爸，是我。」於是，所有救難人員趕來，發現在石塊塌下時，造成了一個空隙，而這不僅救出了魯比，還救出同時被困在這空隙中的五個小孩。

魯比被救出後，對亞倫說：「我告訴同學，不要驚慌，因為我爸爸一定會來救我，我爸爸答應過，不論發生任何事，他都會在我身邊，所以如果我獲救，他們也會獲救的。」

生命的力量來自盼望，盼望來自相信，相信來自信實的承諾以及捨身的愛。

可愛之處

有一個窮苦人家，由於父親的驟然過世得了一筆保險金，這筆錢可以幫助全家離開貧民區，有一個新的房子，並且讓女兒順利就讀醫學院。但這時候，兒子提出了一個難以拒絕的要求，他說他要跟朋友合夥做生意，這筆錢拿來轉投資，可以讓全家永遠脫離貧困，錢滾錢，這難道不是一個更好的主意嗎？

但是，不到三個月，兒子的朋友捲款潛逃，不得已把這痛苦難過的消息告訴家人，自己跟全家人的夢想都被騙走了！這時，妹妹用盡各種難聽的話譏諷哥哥，對愚笨的兄長顯露出無以容納的鄙視，哥哥更是自責地簡直活不下去。

妹妹無法接受自己放棄夢想成全哥哥，竟然一切都成泡影，那種痛，無法形容！夜晚，妹妹跟母親數落著無法接受這樣的哥哥，母親對她說：「從小我告訴過你們，有一天我跟你爸爸都不在的時候，你們兄妹倆要彼此相愛，相依為命。如今，你們要為一些外在的金錢彼此仇視，失去了愛，這可怎麼得了呢？」

女兒回答：「這怎麼能算是小事呢？妳還叫我愛他，哥哥他還有什麼可愛之處？不，他根本不值得！」

母親含著淚說：「孩子啊！妳哥哥他比什麼東西都要珍貴，都要值得啊！我們若愛那對我們好的人、優秀的人、看起來可愛之人，那算得了什麼愛呢？妳可曾愛過妳親愛的家人，妳的哥哥；可曾在他痛苦時陪他渡過，在他心傷時為他流淚？如果未曾為彼此流過淚，又怎麼叫彼此相愛呢？孩子，我們該在什麼時候去愛人，不是在人得意的時候，不是在對方把事情做好，值得歡呼鼓掌的時候，乃是在這人最消沉、最落魄、不再信任自己、失去生命動力的時候啊！愛一個可愛之人，誰都可以；但愛一個受盡折磨一無所有的人，那才是愛啊！因為有我們在一無所有時的支持，妳哥哥才會走出低谷，看見人生真正的希望，我們全家人也才會永遠實現真正的夢想啊！」

聽完母親留著淚說完這段話，女兒上前抱著母親哭了一場，母親拍拍她後，她走出房門，伸出手，拉起那癱在地上，兩眼無神的哥哥，抱著哥哥說：「哥，對不起，讓我們一起來面對一切吧！」

十年之後，這哥哥終於成為一名企業家，全家脫離了貧困，那是因為愛。

下雪的日子

一個媽媽在為嚴重弱視的小女孩說故事，說到有個賣火柴的女孩，在白雪覆蓋的夜晚被凍死了。因此，小女孩問媽媽：「雪是不是一個魔鬼，專門抓小女孩的？」

媽媽回答：「不是的，雪是在寒冷天氣中的一種現象，像冰淇淋一樣！」

於是小女孩暗想，雪一定是甜甜的滋味。

之後，媽媽跟小女孩又講了一個故事，說到在雪地打雪仗、堆雪人的歡樂奇景，於是小女孩告訴媽媽：「下雪一定是像過生日一樣的派對，是不是呢？」

媽媽回答：「不只如此哩！下雪就像是白雲落到了地面，棉絮紛飛的樣子哩！」

小女孩覺得很挫折，媽媽總是有一套很奇怪的說法，而自己也似乎總是不明白，真是太笨了，為此她感到沮喪，媽媽也感到心痛與沮喪！

某年冬天，媽媽終於想到了一個辦法，用盡了所有的積蓄，就為了把小女孩帶到一個下雪的國度，讓她盡情的玩耍；小女孩雙手捧著雪，拋向空中，媽媽陪著她堆雪人，教著她每個步驟。

這時候小女孩跟媽媽說：「媽媽，我知道了，下雪的樣子，就像媽媽對我的愛，很幸福、很舒服！」此刻，母女倆抱在一起，沒有沮喪、沒有失落、沒有缺乏。

語言，對於沒有共同經歷的雙方而言，有時的確是一種障礙，甚至傷害彼此心靈；但是，具有行動的陪伴與愛，可以衝破一切的障礙，擁有共同記憶，一起自由揮灑在無限空間。

唯一的父親

「妹妹，妳將來要嫁給誰呢？」記憶中第一次跟爸爸對話，是我騎在他的脖子上回答著：「我將來要嫁給爸爸啊！」但爸爸哈哈笑著：「不能嫁給爸爸喔！」我只好嘟著嘴說：「那誰會把我舉得高高的，我就嫁給誰！」那年，我才三、四歲。

第一次看著爸爸穿奇怪的衣服，那年五歲，因為我發燒，媽媽急著把我送醫院，我看著爸爸穿著綠色的手術衣從樓梯下來，大家都圍著我這個名醫的獨生女看。後來，媽媽生病住院，爸爸整天把我帶在身邊，我把醫院當遊樂場。

六歲半那年，媽媽過世後，我跟爸爸睡在一起，但聽叔叔們說，爸爸要找個新媽媽，有很多仰慕爸爸的女生都會來討好我，包括幫我買很多進口玩具，有一天爸爸問我：「妹妹最喜歡哪一個阿姨啊？」我明白爸爸問的意思，也就是說我有很多媽媽候選人等我挑，所以我對每個女生都品頭論足後，告訴爸爸：「叔叔告訴我，媽媽曾經說過陳阿姨比較好，所以我喜歡陳阿姨。」

後來，陳阿姨變成了我的新媽媽，並且隨著弟弟的出世，我感覺自己在家中的地位，以及在爸爸心中的重要性，日漸式微。直到八歲有一天，我假裝睡著的時候，聽到新媽媽跟阿姨們聊天，說到：「我們這個妹妹，都不知道她有多命好，她爸爸很了不起，這樣照顧她，而她根本不是她爸爸跟媽媽親生的小孩……！」

那天之後，我一直在思考著，自己該何去何從？要像連續劇裡的小孩一樣，牽著小狗去流浪嗎？可是我連小狗都沒有，這樣會很孤單！我一個人離家出走可能會餓死，我想我還是當醫師的獨生女比較好，我永遠要做爸爸的女兒。

二十五歲時，有一天報社寄來我刊登的文章，無意間被爸爸看到，驚訝地問我：「原來，妳早知道自己的身世，但妳為什麼都沒有尋根的慾望呢？妳現在去當年領養的醫院找資料，還找得到啊！妳為什麼不去找呢？我不懂，每個人不都應該尋根嗎？」

我回答：「……這一生，我只姓您的姓；在人世間，我只有唯一的一個父親，就是您！我不需要尋根，因為我已找到所有人類的根源，那就是造物神。」

多年之後，我已嫁人。爸爸年邁，眼花髮蒼，行動不便；但偏偏丈夫在此時闖下大禍，父親帶著我們去領錢，當他用顫抖的手把錢交在丈夫手上時，我的血液亦同時在胸膛間翻滾，淚水如江河奔騰……。

來不及說聲愛

從前我一直很討厭我的婆婆，但直到她過世後幾年，我發現我錯了。

我跟我的丈夫生長在兩個完全不同的家庭。他爸爸是司機，媽媽開過酒店，父母知識水準都不高，家裡連基本的房產都沒有，因此他必須把所有的薪水都拿回家。可是，我生長在一個醫學世家，父母是高級知識份子，家裡三個小孩至少一人一棟房子，個個從小只知道伸手跟媽媽拿錢。

我第一次見到我婆婆時，她抽煙、喝酒、嚼檳榔，還會開口隨便吼罵，我無法想像，將來若要喊這樣的人一聲媽媽，真的很困難。

但是，我還是選擇了他作我丈夫，因為他好欺負、好笨、好傻，傻到可以完全聽我使喚。於是我們結婚，我有點得意洋洋，因為婚禮所有的錢都是我出，而且婚後住在我的房子，一切更會在我的掌握之中。

沒想到，婚後不久我們開始吵架，都是為了她媽媽。我不喜歡到他家，也不願意再給他媽媽錢，總覺得他的家人是個負擔。但是，他媽媽病了，六十歲就得了末期酒精型肝硬化，那一定是她年輕時喝了太多酒。

問題是，此後我丈夫常常必須半夜爬起，趕到我婆婆家送她去急診。有一次，婆婆已經有點肝昏迷，還嚷著說要出院，因為擔心家裡沒錢，擔心我丈夫太累，擔心我小叔沒人照顧，擔心我小姑要生產，擔心我公公沒飯吃……。

終於，我婆婆病了兩年後離世，我想她不會再帶給我任何負擔。又過了兩年，我丈夫突然被人家倒帳，逼得只好跟我小叔借貸，我小叔給我丈夫一筆錢，告訴我丈夫：「這是媽媽一點一滴積攢下來的，終於還是到了你手上。」

過了幾天，我看見我丈夫腳受傷，可是還在家裡打掃、拖地，伸手用力清潔馬桶、浴缸，這些都是我不願也不會做的。然後，晚上他用熨斗燙著我跟他兩人的襯衫，我不明白襯衫背後為什麼非要燙三條線？他說：「這樣才好看啊！小時候我媽媽都是這樣教的。」

我突然明白，原來我丈夫懂得愛我也愛家，那是因為他有個好媽媽。當我開口對丈夫說我好愛你時，卻發現我永遠來不及對我婆婆說聲：「媽媽，我愛你！」

一切都值得

從來沒見過雪莉媽媽這麼高興過，好像中了樂透頭彩一樣，逢人就拉著手述說，她的寶貝女兒雪莉有多棒，好像雪莉真是個天才兒童般！喔！不，雪莉已經不算是兒童，她已經十六歲了，只是這十六年來，她沒出過家門幾次，也沒受過正規的學校教育，因為她是個嚴重的自閉兒。

十六年來，雪莉從來沒有開口叫過一聲「媽媽」，只會用不斷的尖叫來表達！她的狀況隨時令人擔心，有時大小便無法處理，有時會把所有的東西丟進馬桶，或者破壞沙發、床單，一不小心還會把莫名其妙的東西吞下肚，總之她就像個不定時炸彈，隨時會在家中各處引爆不小的火花，動不動就亂吼亂叫像發瘋一樣，鄰居親友都當雪莉是可怕的瘋子；就算勉強有特殊教育的地方願意收留她，往往因為適應的問題，導致她情緒更嚴重，出現更多的退縮。雪莉的媽媽沒有辦法，只好全職在家，隨時把她照顧得乾乾淨淨，讓她外表看起來跟正常孩子差不多。

雪莉在家的狀況，白天昏昏睡睡，夜晚和媽媽捉迷藏；媽媽要追蹤她的腳步，免得一不小心陷入危機中。雪莉也無法安靜下來寫幾個字，一二三四五，教了十年也不會。雖然媽媽很挫折，但還是天天把雪莉抱在懷裡當寶貝，即使雪莉現在已經長得跟媽媽一樣高，但她永遠是媽媽最好的玩伴！雪莉媽媽常分享：「雖然撫養雪莉很辛苦，但雪莉寶貝乃是主耶穌賜給我的，為讓我能時常回到童稚般的純真快樂。尤其每當我和雪莉玩起扮家家酒的遊戲，那真是天底下最快樂的時光哩！」

雪莉媽媽在自閉兒家長會中高興的分享：「那天，老師來我們家訪問，我在廚房弄咖啡，老師就問雪莉妳媽媽叫什麼名字，雪莉竟然會在紙上寫下我的名字——『雅娜』，我才驚訝的發現，原來她都知道啊！她從來沒叫過媽媽，但是她都知道啊！我的雪莉都知道，都知道……！」

十六年的時間，學會了一個詞：媽媽的名字『雅娜』！這一切都值得了！

泛黃的照片

小青在部落格貼著泛黃照片，很多人問說：「怎麼把妳女兒照片弄成復古狀？」

小青回答：「那才不是我女兒，是我小時候的照片啦！」顯然非常得意。

有一天，我也拿出小時候的照片，小青立刻說：「哇！妳小時候真有氣質！」

我回答：「其實我翻閱這些照片不是證明我小時候很漂亮，是證明有一個人只活在我生命中不到七年，卻轉變我一生，那是我母親。」

小青感嘆著說：「妳媽媽很有氣質，跟你小時候長得也很像！」

我笑笑說：「應該不一樣吧！因為她不是我親生母親。成年後，父親告訴我，母親患有不孕症，治療多年，身體又不好，就在她知道自己可能活不到五年時，她堅決領養了我……！」

記憶中，她面黃肌瘦，還要帶著傭人，親眼看我在幼稚園一舉一動。她不管身體多不舒服，也要親手餵我吃蘋果泥或進口柳橙。她不肯住院，因為我必須躺在她懷裡，摸著她的手肘才能入睡。

母親的癌症拖了七年多。據說，很多人都怪父親，沒有用安慰語氣，答應母親最後遺言，她要求父親，必須要讓我將來嫁給誰，讀什麼學校，要父親娶誰來好好愛我。但父親對無可預料的事，只有眼淚沒有回應，看著母親嚥氣。

如果她不曾收養我，我的命運將如何？我跟小青說：「不能生孩子，還能養；生命所剩無幾，還有愛。能夠把母性光揮堅持到生命最後一秒，把付出之愛永遠影響另一個人，一生就足夠！真正必須延續的基因，是愛！」

愛的光芒

這件事在威廉心中已經埋藏了二十年了。二十年來，他無時無刻不在恐懼著，當事情被揭發的那一天，他再也無法面對任何人，甚至可能會去坐牢……！他的人生也就此完了。

那年，他還不到十五歲，發生了那件事之後，父母為了保護他，運用金錢與人脈，幫他辦了轉學手續。但這並不能減輕他內心的恐懼，此後二十年來，每當遇到女孩子，他就開始不會說話，感到一種深重的羞愧、負疚、悔恨。

當年，他真的只是一時好玩而已！那是個週六的晚上，月光如水水似天，送來徐徐晚風舒暢奔放；而青春的心，亦如瀑布之奔瀉，難以遏抑。因此，當比大他四歲的鄰居丹尼，邀他去參加所謂的「青春探險之夜」時，他耐不住好奇的答應了。尤其，丹尼經常笑他是個長不大的蠢蛋；所以，他這次一定要證明，所謂男人該會的，他也會。

丹尼開著吉普車，車上還有兩個男孩，都是丹尼的表兄弟，他們一面大聲開著音樂，一面喝著啤酒，還傳遞著幾粒小藥丸，丹尼也遞給了他，但他先順手塞在口袋裡，丹尼瞄了他一下，報以噓聲，他不好意思的正要吞下時，一個急轉彎，藥丸突然掉了。

他們轉進巷子裡，在一棟別墅前停下入內，一開門才發現原來這裡有個派對，裡面非常熱鬧，全都是二十歲左右的年輕人，在酒氣沖天，香菸裊繞中，情緒隨著音樂高昂到極點。只有威廉，因為年紀較小，又是第一次參加，顯得有點手足無措。

他也瞧見在牆角坐著一個小女孩，跟自己年紀差不多大，也是滿臉的生嫩羞怯；但這女孩長得出奇的美麗，就像一朵忍不住要綻放，鮮紅欲滴的玫瑰。

男孩們不斷的向這女孩搭訕，但似乎都並沒有引起那女孩太大的興趣。這時，自認長得十分瀟灑，從無敗績的丹尼，突然靠近這女孩，不知道在耳邊說了些什麼，她竟然願意被丹尼拉著手，走出門外到了花園裡。

室內的年輕男女，全都自顧自扭動身軀的玩樂著。還算有點清醒的威廉，忍不住的想到花園裡，看看那女孩跟丹尼在做什麼。

但他一走進花叢，卻完全被這一幕驚嚇！女孩滿身傷痕血跡的被丹尼壓倒在地上，好像昏死一般，威廉嚇得叫了出來，被丹尼轉頭看見，威廉當下反應就是即刻逃，拼命跑……，他感覺後面的丹尼向他追來，他還是拼命跑，直到暈倒在家門口。

當他醒來，已經躺在自己床上，母親問他發生了什麼事？他什麼都不敢說，直到第二天，他看到新聞，知道那晚丹尼一夥人被警察抓了，而且還有個女孩傷勢嚴重，他怕自己也被警察抓，所以把昨晚的事，哭著告訴了媽媽。

為了解除他心裡的障礙，母親幫他辦了轉學。不久後，父親也從邁阿密調到紐約工作，威廉雖然完全脫離了那個曾經發生噩夢的環境，但始終無法抹去內心的陰影，他一直覺得自己是參與了傷害那女孩的惡魔。

二十年後，威廉已經成為有名的建築師，但始終未婚，也未曾談過戀愛。他的母親也為著這獨生兒子的心病，不斷的在神面前禱告。終於，就在這一年，他的人生有了奇妙的轉換。首先，他答應陪母親去參加教會的聖誕晚會，並且就在那一晚，他決定相信耶穌，承認自己實在是個罪人啊！

經過幾次的禱告，他覺得神已經完全接受他，赦免他的罪了，為什麼自己還如此不安呢？於是，他再也忍受不住，在一次教會弟兄姊妹的小型聚會中，他流淚悔改著自己多年的心結，訴說著自己不該受誘惑參加那場派對，不該看到那女孩傷重卻逃跑，他太對不起那個女孩了！就在他把一切事情說出來的時候，突然覺得全身得到釋放，彷彿有一種光，從他內心射出，驅走他一切懼怕、黑暗、罪惡感。

幾天後，當他從教會回家的路上，有位姊妹彷彿刻意與他同行，好像有什麼是要對他說似的。他回頭看了那個姊妹一眼，那姊妹終於主動上前說：「嗯！威廉弟兄，我是菲比姊妹，你前天晚上的見證讓我很感動，我想告訴你，我……，就是二十年前那個小女孩，我一直想向你道謝，如果當年不是你，丹尼恐怕就把我強暴甚至殺害了！」

威廉整個人呆住，兩人相視無言，時間完全停留在這一刻。

一年後，威廉與菲比在教會裡結婚了。婚禮上，威廉說：「……因為神是光，驅走我裡面一切的黑暗。」菲比也說：「是的，是神那愛的光芒，能醫治我們裡面一切的傷痕……！」

愛情瓦倫達

常常從臉書訊息上看到許多朋友透露目前近況，如「罹患婚前焦慮症」、「天底下沒一個好男人」、「愛一個人好難」……，在更換的各種心情狀態中，我發現有些共同點，如沒有戀人的焦慮、戀愛的焦慮、失戀的也焦慮，未婚的焦慮、預備結婚的焦慮、結了婚的更焦慮。

戀情心態，愛與不愛，真的有這麼嚴重的得失成敗嗎？我想這時代可能有很多人罹患「愛情瓦倫達病症」。什麼是「愛情瓦倫達」呢？先說在歐美心理學名詞上，有一種稱為「瓦倫達心態」。

這故事起源於美國有一個著名的高空鋼索表演者名叫瓦倫達，在一次重大的表演中，不幸失足身亡，電視現場轉播震驚各地。面對記者訪問時，他的妻子說：「我知道這次一定會出事，因為他上場前總是不停地說，『這次太重要了，不能失敗，絕不能失敗！』但是，以前每次成功的表演，他只想著走鋼絲這件事本身，而不去管這件事可能帶來的一切結果。」

後來，人們就把專心致志於這件事的本身，而不去管這件事的意義，不患得患失的心態，叫做「瓦倫達心態」。

許多人在面對愛情與婚姻也是一樣的，其實無須為後果做太多顧慮，患得患失，怕付出太多、又怕太少、又不知明天如何？只要放鬆心情，擁有健康正確心態，勇敢去愛，不計成敗，別讓尚未發生的不存在恐懼圖像，將你享受此刻快樂的心情隨意更改！

幸福的改變

好友芬妮經常向我傾訴、抱怨，結婚後發現老公有很多生活上壞習慣，如花錢方式、衛生習慣、東西隨意放置，以及經常滿屋子的菸味、酒味等等，這都讓她難以忍耐，經常兩天小吵五天大吵，簡直無法相處下去，瀕臨破碎邊緣。

自己當大學講師的芬妮，除了跟我講以外，也向許多專家請教，該如何改變丈夫？但狀況並未改善，幾乎處於冷戰狀態，想離婚丈夫又不肯。

之後，我因為工作調動，約有兩年的時間未曾見到芬妮。有一次，我在某畫展中看見她跟丈夫幸福地並肩走在一起，懷裡還抱著個小嬰兒，於是我悄聲問她：「看妳婚姻這麼幸福，真好啊！妳老公怎麼能有這麼大的轉變，看起來真是一個好丈夫、好爸爸啊！」

芬妮笑著對我說：「喔，不是他改變，而是我改變了！」

我心想，我所認識的芬妮是這麼優秀，有什麼好改變的呢？於是訝異地說：「那妳改變了什麼呢？」

「我不再試圖改變他！」芬妮以一種充滿信心與盼望的語氣說。

原來，當自己改變時，會發現對方也在改變，而整個世界都改變了！

蓮蓬頭的故事

家裡浴室的蓮蓬頭管子壞了，老公非常體貼的換了新的，但很不幸，這條新的蓮蓬頭管子很短，大概頂多只搆得上十歲小孩的身高，偏偏我們家只有我們夫妻倆人，沒人用得上。一個不合適的蓮蓬頭，洗起來還真的是很折騰人，洗頭、脖子、上身都得彎下腰，這使我不禁大聲埋怨老公：

「你為什麼不把事情做好，換條長一點的管子呢？」

「你中午去市場為什麼不順便買回來呢？」老公這樣回答我。

我突然想，其實彎下腰來也不錯，多彎幾次還可以順便減少腹部脂肪，做點膝蓋腳步運動，而且有時候換個姿勢、角度沐浴，也有不錯的效果。所以，當蓮蓬頭不夠長的時候，我應該學習，如何遷就蓮蓬頭。

於是，我跟老公說：「謝謝你讓我學習，我們真是不但要像主耶穌那樣卑微俯就人，還要卑微俯就蓮蓬頭！」

老公笑得很開心，我也笑得很開心，我們可能發生的衝突，轉換成神對我們說話的快樂。

當生活中有一些改變，似乎真是不合己意的時候，換個角度想，這讓我們的生活有學習，充滿嶄新的生命力。

我願意

麗蓮在代課時，班上有個很頑皮的女孩叫艾咪，像個小男生，總是蹦蹦跳跳，破壞東西，而且還經常跟人吵架、甚至打架哩！這讓她非常頭痛，幾次約家長到學校來溝通，但都沒來；經過調閱資料的深入了解，才知道這孩子父親在外地工作，幾個月才回家一次，父母感情不好目前分居中，丟下艾咪一個十歲女孩跟祖母同住。

有一天，在操場上體育課時，艾咪突然昏倒，她慣常地以為這孩子又在惡作劇，但叫了半天居然沒醒，而且全身發冷，趕緊把她送到醫院。

麗蓮通知艾咪的祖母，卻沒料到原來祖母也正住在這家醫院；幾經輾轉，才聯絡通知到孩子的母親。

第二天，醫師說艾咪要仔細做身體檢查。一週後，麗蓮再去醫院看艾咪時，她的母親哭著說：「……怎麼辦？醫師說，艾咪得的是血癌！」

麗蓮非常震驚，但此時似乎唯一能做的，僅是抱著哭倒的艾咪母親，安慰著她，然後許多的日子，在醫院裡陪著她們母女……。

為了照顧艾咪，父親放棄外地的高薪工作趕回來，陪她度過接受化療的痛苦日子；但很顯然，艾咪的病況沒有改善，情緒更加沮喪。有一天在病房門口，我聽見艾咪對著父母大喊：「走——！你們走啦！你們不就希望我早死，就可以自由逍遙了嗎？」然後，艾咪的父母含淚低著頭走出病房，與剛預備進病房的麗蓮，眼神交會一下，但相對無言。

之後，麗蓮隨著艾咪父母走出來，站在一旁不知說什麼。只聽見艾咪父親說：「都是我的錯！如果早知道這樣，我應該花時間多陪她……。」

艾咪母親哭著說：「你只願意花時間陪她嗎？不！如果能夠挽回她的生命，我願意替她死！」

頃刻間，這個男人抱著妻子說：「我……，我也願意啊！」

原來，這對夫妻終於發現彼此間還有一個心靈共通點。為著這一幕，麗蓮獻上感恩，也禱告祈求讓艾咪的生命中，充滿愛的大能！

雖然艾咪在學校的人緣不好，但麗蓮告訴學生們，艾咪需要陪伴與激勵，然後許多同學開始輪流到醫院陪伴艾咪，甚至願意主動檢驗配對，可否將骨髓捐贈給艾咪做移植。

雖然艾咪的父母因著家庭遭此巨變，耽誤工作，經濟緊縮，但是換來了這個家重新有了愛與希望。她的祖母因為中風復健，長期住院療養，在這期間，祖母不斷告訴艾咪：「妳不但是祖母的寶貝，更是神手中的寶貝啊！」從此，艾咪的性情開始改變，她學會了歌唱與感恩。

一年後，艾咪骨髓移植失敗。在喪禮上，麗蓮想到自己曾為這個學生頭痛，想到她的生命裡多麼充滿活力，即使提早的叛逆，也是一種美麗；提早消失的生命，卻帶給許多人改變的契機。麗蓮流著淚，反倒是艾咪的父親攙扶著妻子，過來安慰麗蓮說：「老師，我們一直忘了對妳說聲謝謝！謝謝妳這麼照顧艾咪，謝謝妳為我們全家人禱告；艾咪臨終前特別要我們代替她，對妳及同學們，說聲謝謝！」

麗蓮感動地心海掀浪，喉頭如洩洪之堤，無法言語，艾咪母親又邊流著淚說：「她走得很安詳，很滿足，因為她擁有著了愛的感覺；她也留給我們夫妻，知道該如何走下去的愛！我們感謝神，給了我們這個女兒啊！」

麗蓮與艾咪父母，他們三個人擁抱在一起！此刻，愛在天地間迴盪，直到永遠。

愛上你的錯

阿傑苦追女友多年，終於談及婚嫁，不料前去見丈母娘時，岳母大人出了一道難題說：「小鳳是我們的獨生女，她父親前幾年過世時，特別交代要把小鳳嫁出去的話，對方一定要通過一項考驗。」

「什麼……！」阿傑心裡一驚，雖知小鳳窈窕多姿，追求者眾，費盡千辛萬苦好不容易贏得芳心，而準岳母見過幾次，不是也挺喜歡自己的嗎？怎麼這回有難題呢？不管如何，阿傑愣了一下，硬著頭皮回答：「沒問題，我一定會通過考驗的！」

準岳母告訴他：「我給你一張紙和一枝筆，你現在到書房，安靜的寫下你所認識的小鳳，列出她十項以上的缺點。記得，一定要寫出來十項以上，否則都不能通過考驗！」

這下阿傑十分為難，因為在他心中，小鳳簡直就是完美無瑕的女人，怎麼會有缺點呢？愛情烈焰中豈有砂粒暗影？自己看見的全是小鳳的優點啊！但這考題不能不做，幾經苦思，他追溯兩人交往過程的點點滴滴，所有的問題，自己內心深處真實的感覺，然後很勉強的寫下了十項實在不像缺點的缺點，低著頭向準岳母交卷。

準岳母看了看這張婚前考題，然後抬頭對阿傑說：「你對小鳳這些性格上的缺點，有什麼看法呢？」

阿傑回答：「我愛她，就愛她的全部，包括她的缺點……，我想，她的缺點可能不僅正是她的優點，同時也藉此顯露我的不足之處，幫助我成長。」

這時，準岳母開心的笑了。阿傑與小鳳快樂的結婚。經過了五年，十年，二十年，歲月的累積，雖讓阿傑與小鳳不斷的發現彼此越來越多的缺點，但更培育出越來越多的彼此信任、包容、忍耐。愛，如不歇清泉，越久越甘甜！

結婚

看到最近網路上到處推「情人節禮物」，以及如何在浪漫時間，獻上求婚的招術，這讓我想起來，自己當初是怎麼結婚的。

「妳老公怎麼向妳求婚的呢？」朋友問。

「喔！不，是我向他求婚的！」

「那他一定是一個非常值得的搶手貨囉！」

「不，因為情人與朋友的位置都不適合他，他只能坐在丈夫的位置；而我又希望在人生每個階段的位置中，都沒有空白；於是我們就結婚了，在某一個遺忘的時間與空間裡，勇敢地享受著愛與被愛。（對我而言，或許被愛的感覺更重要！）」

或許這樣就夠了，人生舞台中，不會座無虛席，也不會群眾爆場，這樣就夠了；不要太貪心，也不要太無心，只有還有心，就有無限可能！

是你的我都愛

我跟老公結婚十六年多，膝下無子，經常兩人遊山玩水；因為都是兩個人，重複無聊的甜言蜜語不厭其煩。比如，今天週末我們到碧潭遊船，兩人踩著腳踏船時，我又不免嬌嗔地問老公：「你到底喜歡我哪一點啊？」

老公回答：「哪一點都喜歡啊！你是屬於我的，所以每一點都喜歡啦！」

我還是不甘心地問：「為什麼呢？」

他回答：「就像我是你的，所以你喜歡我啊！你能夠說喜歡我的黑頭髮，就不喜歡我的白頭髮嗎？不管白頭髮黑頭髮的我，都是你的啊！所以，不管是優點缺點。哪一點，都是我的啊！因為是我的，所以喜歡啊！」

我向來都覺得自己比老公聰明很多，但每次碰到這個問題，我都被他打敗了！

到底什麼是愛？愛就是不管你個人喜歡不喜歡，只知道你是神所賜予我的，我就愛，愛每一個部分；因為你是我的，既然是我的，我當然愛屬於我的。我想這是我老公的邏輯。也因為我越來越接受他這個笨笨的邏輯，所以我們之間越來越親近，越來越成為一體，相依為命。

今生摯愛

小王進公司一年了，除了準時上下班外，很少參加應酬，這使得同事們不斷向我反映，他不適合業務工作。

適逢年底考核，我決定好好評估小王在工作上的適任性。不料，小王突然對我提出了辭呈，這表面上似乎解決了我的麻煩，但為防止他把一些客戶帶走，我還是禮貌上的以歡送為由，請他吃晚飯，以了解他未來工作的走向。

我們藉著喝了點小酒，更為敞開盡興，卻沒料到，小王告訴我了一個心碎的故事。

小王跟小英從小在南部的育幼院長大。小王當完兵後，重新考上了北部一所大學，小英也上來台北一邊打工一邊準備考試，終於也考上了同一所大學的社工系。

放假的時候，兩人都會到附近的育幼院去照顧孩子。那時候，小英告訴他：「不管將來我有沒有自己的孩子，都要成為育幼院的終身義工。」小王告訴他：「不管妳想做什麼，我都會一輩子支持妳、陪伴妳的。」

他們相繼大學畢業後，小王性格開朗，很快就找到適合的工作，從事器材進出口的業務開發；而小英工作沒著落，只好繼續在原來的咖啡店打工。

兩年後，小王的工作穩定，業務發展順利，小英也找到一家醫院的社工部門工作。這時，他們兩人不但決定相信主耶穌，也決定了要廝守一生。

當幸福的陽光正照耀在他們兩人身上時，卻未察覺已有一片烏雲逐漸移近。那時，他們婚後半年，小英也懷孕兩個月了，但這件事小英還沒有告訴小王，她要在小王生日的那一天，把這個消息作為生日禮物告訴他。

那天，小英什麼都預備好了，販桌上擺滿了小王愛吃的菜，就等小王下班回來了慶祝生日。可是眼看已經快八點了，小王還在公司旁的酒店跟客戶應酬，尤其快到年底考核，小王為了自己跟小英的幸福，更要在事業上放手一搏。

小英在家等得有點焦急，又聯絡不到小王，想起來家裡的醬油不夠，就騎上機車，想到附近的超市再買點東西。沒想到，就在巷口一出去的路上，她的機車被迎面而來的公車撞倒，小英整人彈飛了出去，送醫院時已經昏迷、大出血。

當交通警察好不容易通知到小王，趕到醫院時，小英已經嚥下了最後一口氣，任小王如何呼天喊地，都再也叫不回心愛的小英了。尤其，當小王聽到醫師說，小英竟然已經懷孕兩個月時，更是當場哭到崩潰昏倒，多麼的愧疚、自責啊！原來，小王一直覺得他所做的一切，都是為了小英，都是為了這個家，可是自己竟然忙得連小英懷孕都不知道，也不知道小英為自己預備的意外驚喜，更連小英最後一面都沒有見到啊！他簡直不知道自己活著是為了什麼了！

過去，小王跟小英從小到大，一同編織著幸福的夢想，小王所做的都是為了小英，小英也是為了小王，他們要共同建造一個幸福美滿的家庭，甚至要扶助好多好多的棄養兒童，讓他們成長中沒有缺憾，活在基督的愛裡，就像從小育幼院院長所給予小王小英的是一樣的愛。

但是，如今對小王而言，一切都破滅了。他以為拼命賺錢就能建造一個幸福的家，卻連愛妻最後一面都沒見到！小王不知道自己活著還有什麼意義，人生還有什麼目標？

於是，他整個人性情大變，他不再跟客戶應酬，不再滿腦子賺錢，他要找到自己人生最重要的目標與活著的意義。

小王講到這裡的時候，我才開口問他：「那麼，你現在找到了嗎？」

他以一種肯定的語氣回答我：「是的，我找到了，……經過這一年來的沉澱，我知道我的幸福在哪裡，我知道我要追求什麼，也知道我該珍惜什麼？我該把時間花在什麼方面？」

「是什麼呢？」我等不及的問他。

「那就是，……回到育幼院，接替執行長的工作。雖然小玉不在了，但是我們的夢想，我們的幸福，我們的愛，永遠不會改變，我會走下去的，我有主耶穌，有小英的愛，還有弟兄姊妹的愛，我這一生不孤單，很幸福！真的，很幸福！」

我的喉頭哽咽著，舉起杯來祝福著他：「我相信你會幸福的，因為擁有一個摯愛，一生就足夠！」

管男人胃的時代已經過去了

我老媽很有趣，最近我大弟跟交往將近十年的女友分手，我老媽就說她也不喜歡我大弟的那個女友，因為好時髦，又不會做飯做家事。我心想，人家交哪個女友、娶誰做老婆，早就已經不是老爸老媽能管得了的時代了！我心想，我媽還活在做家事做飯才是適合當老婆的年代，豈知這個年代老早就過去了。

我有一個女性友人，年過半白未婚，雖有男友但何時會換也不知道，自己有房子，有專業，有閒錢，過得逍逍遙遙，出國遊學；除了接接案子做外，生活作息正常，沒事練練瑜伽；也很會做菜，喜歡自己享受做菜的樂趣，似乎跟我過著剛好相反的生活。

我問她：「你這麼會做菜怎麼不結婚呢？我這麼不喜歡也不會做菜怎麼倒結婚了，乖乖過正常的婚姻生活呢？」

她說：「沒有一個男人會為了做菜而去娶一個女人！別傻了，好吃的滿街都是！反而女人在家煮飯做黃臉婆，更拴不住男人。」

她講的這話前面這段頗合理，後面這段又像韓劇情節，真是全心為家庭付出的女人，弄得最後丈夫背叛的結局。

前面這段頗合理，是因為我有實際經驗，我老公娶我是為了跟我一起吃盡天下好吃的，不是我煮飯給他吃。因為男人需要談心的對象，男人需要的女人，是能夠了解他、肯定他、陪著他的女人，而不是廚師、女傭，那樣的時代已經過去了！女人需要管的不再是男人的胃，而是男人的腦袋，甚至有時腦袋心靈比下半身還重要，隨著男人腦袋的成長變化而成長，這個關係才能維持長久。

腦袋裡的問題比胃更難解決！比下半身更複雜！因為腦袋會因外界細微的刺激而變化，心會隱藏在一個不知名的角落！我不知道這是不是這個新時代中，男人與女人的戰爭？

所以，這些日子以來，我跟我老公感情越來越好，因為一起吃完飯睡覺前，都要有一段談心時間，他陪我我也陪他。

何須自囚

我有個毛病，就是在思考事情的時候，常常會不由自主的摳臉，以致皮膚過敏引起毛囊炎，臉上坑坑洞洞點點紅紅的。有一天，我正在自得其樂魂飛象外，正巧被我老公發現，立刻過來喝斥著：「這麼漂亮的小女生，怎麼可以摳臉呢？」還作勢要打我的手指，這令我趕緊正襟危坐，噗哧笑了起來！因為：第一，我已是中年婦女，實在不是小女生；第二，我又胖又醜，實在算不得漂亮！

於是，我忍不住問老公：「你真的覺得我很漂亮嗎？」

「當然啦！妳是全世界最漂亮、最可愛的女生了！不然怎麼會是我的呢？」雖然我們已經結婚十五年了，但這種噁心的話，還是在每天生活中時常出現。

我看老公陶醉的樣子，似乎很有道理。真正的幸福，是相信自己所擁有的是最好的！

不過，這使我想起，許多跟我年齡相近但未婚的女性朋友，她們經常疑惑，覺得自己學經歷比我好、外表比我好、比我更具嬌俏女人味，為何始終未遇良緣呢？如何才能在三十歲以前把自己嫁出去？或者，至少擁有幸福的愛情。

美麗的愛情、幸福的婚姻，其實跟你的學經歷、外表的美醜，沒有什麼絕對的關係；但跟你的性格、個性，你如何看待自己、看待他人以及這整個世界，那就絕對息息相關了。

我常想，如果我現在安息主懷，此生也了無遺憾了。因為我曾經轟轟烈烈的愛過，也深深的被愛過。許多女子氣質高尚、身材姣好、臉蛋美麗，但卻情海孤航，或在波濤萬頃中翻覆。因此，如果不想翻船，就需要生命的領航；如果盼望航程豐收，絕不能原地自囚。

別用一把鎖，將心靈緊扣。你要相信，能為自己和別人，都帶來愛與幸福。

愛相隨

某個假日，我在一座森林公園慢跑，途經一片平地，兩旁青草花香漫溢，行人的道路很窄，但在我前方卻見一對老夫婦，牽手散步，因此我的腳步也緩慢下來。

接著，我看見老太太突然放開老先生的手，向前走兩步，俯身下去，攀起玫瑰花枝，輕吻著花瓣；我以為她接下來的動作，應該是要摘花，但並非如此，她將她的臉湊近花瓣，約有三分鐘之久；而在這三分鐘內，老先生也走近湊上前去，彎著腰，跟妻子一同欣賞著美麗花朵。

我慢慢地走過去，側過身超越他們時，看見那朵花真的很美，忍不住對老夫婦說：「你們好幸福，可以一同欣賞這麼美的花！」

老先生說：「喔！不，我正在欣賞我太太，在她心裡如何跟花說話哩！」

跟花說話？我正驚訝這樣的閒情逸致！老太太接著說：「是啊！我從年輕就喜歡賞花，當我發現一朵美麗的花，不管是遠是近是高是低，我都要湊上前去，訴說我讚美歡悅的心情哩！」

哦！原來跟花說話，是要細膩謙卑地俯身下來，才不致驚擾花的美麗！那麼，我們跟人說話，是否也願謙卑俯就呢？我正這樣想的時候，卻瞥見老先生竟然只有一隻眼睛，若加上老花……，這不禁讓我問起：「老先生，您眼睛不方便，能欣賞花嗎？」

老先生笑著：「我跟隨我太太，我打心裡欣賞她就好了啊！我們這一生做什麼事，可都要一起去完成的啊！」

我終於明白，真正的愛是卑微俯就，是不顧自己的喜好而相隨到底。

專做怪事的他

說起我老公，昨晚又發生了件驚人大事！

昨晚我先吃晚飯，然後到家裡附近的復健科診所看我的肩膀，並作物理治療，我老公先到診所跟我會合，我叫他先去吃飯，等他在外面吃完飯後，還沒輪到我，他就打手機給我說：「那妳繼續等，我買了荔枝和鳳梨，先回家削水果了！」

我說好，然後等了一個多小時，終於看完診，並經醫師診斷立刻先做超音波及干擾波的電氣物理治療，而且也做完復健了。結果回到家一看，怎麼我們家老公還在廚房裡剝荔枝皮呢？我大吃一驚，便問：「你買了一簍荔枝回來嗎？」

老公一臉無辜地說：「沒有啊！我買了荔枝與鳳梨，才一兩百元啊！但是，要弄很久……！」

「為什麼呢？你應該先去洗澡啊！」我看他僅僅把領帶與襯衫脫掉，滿身大汗地在廚房，實在又驚訝又不捨地問。

「因為荔枝不但要剝外面的皮，還要把裡面的核掏出來啊！還有，鳳梨要削外面的皮，還有要切掉裡面的核啊！」

「為什麼？我吃的時候，我自己會把荔枝核吐掉的啊！鳳梨，一樣也是把硬的吐掉就好了啊！」

他又急忙地說：「不是！不是！這樣的話，吐出來的萬一甜汁噴在地上，或後續垃圾沒有處理好，就會招螞蟻，或發臭。」他的手仍然不停的在洗手台工作，非常機械化的動作，而且非常執著與堅持。還回過頭對我說：「妳先去洗澡好了！」

我簡直十分不解，我是不是有一個專做怪事的老公？我們兩個人可能十分鐘就把這些水果吃了！他卻要花一個半小時做這些事？值得嗎？好像不符人力時薪成本吧！還是，我應該深信，廚房裡絕對不能有兩個主人！喔，應該說，我家每一個角落每樣東西的主人都是我老公，這當然包括我。

天啊！我聽到我老公又在臥房裡用黏紙拖把黏地上灰塵的聲音，但是，今天我真的沒有在臥房活動，都在書房工作，可沒有把臥房地上弄髒哩！但真正的問題是，我不能再寫下去了，因為五分鐘後，他會問我吃藥沒？然後趕快把睡前的藥遞在我手上。

一個很可愛的老公

有天，我正預備去洗澡的時候，突然聽到我老公看著電視，抱著枕頭大笑，我驚訝地看了一下，原來又在看《功夫熊貓》！不是已經看過七、八次了嗎？我真是無法理解他，永遠是這樣，可以看同樣的片子，看好多好多遍，還依然會有同樣反應；比如有一部日本電影《現在很想見你》，我家老公就可以看個好多好多次，然後依然流淚不止，簡直要替他準備一個臉盆！

還有，他可以每天吃牛肉麵，每天吃排骨飯，以及樓下那家自助餐，點著同樣的菜色，不會覺得需要變換口味。記得最近網路流行一個腦殘測驗，我家老公居然測出他的腦殘程度只有二十分，也就是他是瀕臨絕種的末腦殘動物，而他居然還非常的得意，他說其中有一題是問：「『你會一週連續每天去同一個地方吃飯』嗎？我答我會哩！」

居然有人能「一週連續每天去同一個地方吃飯」？這叫做末腦殘？還真是稀奇！但我老公就是這樣的人！我從前覺得他這樣的人，不只是沒情趣，簡直叫無趣！後來，我看著他穿著同樣的衣服，吃著同樣的零食，看著同樣的影片，呼呼的傻笑時，我覺得這世界簡直沒有人比他更有趣了！

我問他：「你怎麼能對同樣的影片，同樣的食物，同樣的東西一直著迷不已？」

他回答我說：「就是因為我是這樣，所以才能一輩子從頭到尾只愛你一個啊！我只要有你就夠了，其他什麼都不要！」

「什麼都不要」當然不是真的！吃飯、喝酒這個不能少，需要改變的健康飲食習慣他也不會改！但是，他眼中只有我一個，生命中只有我，這是千真萬確的。

所以，他生命中最重要的事，就是要把我照顧好！這些事包括：每天固定的時間上下班、每天固定的時間打掃房間、每兩天固定的時間洗衣服、每週固定的時間打掃拖地等等。

在千篇一律的無趣中，真是有趣可愛極了！

結婚紀念日最重要的事情

前幾天老公問我：「這週五要到那裡吃飯呢？」

我一臉茫然，心想飯不是天天在吃，不都是他接到我後再隨便附近找一家吃嗎？為什麼要先考慮這個問題呢？我問：「喔！週五有什麼事嗎？」

老公說：「因為週五是我們結婚紀念日啊！」

哦！其實我從來不記得這些事！因為，生活比較重要，而且這些紀念日什麼的，通常都要花錢，以我花錢的標準來看，我老公的錢就是我的錢，我的錢還是我的錢！所以花比較多的錢吃大餐，我其實沒有太大興趣，因為都會吃飽，而且都會變胖；當然，也包括我這半輩子以來，魚翅燕窩什麼高貴的美食沒有吃過呢？對我來講，這個問題不重要，但是我老公認為重要，那就重要吧！希望吃完後，他能變胖一點，因為我住院三個月，他瘦了六公斤，我胖了六公斤，這是很可怕的事情。

有很多人非常在乎過一個快樂溫馨感動的紀念日，但我從來不這麼想，因為婚姻生活中，要能千年如一日如此幸福，千萬別搞到一日如千年那樣的難挨！

老公帶我到一家巴黎美食餐廳，裡面什麼都有，還有歌手彈琴唱歌，唱的好像是貓王的歌曲，真不知道哪個年代，那個男琴手還蠻有型的。

我端著一杯琴酒，繞了半天，搜尋各種奇怪的料理，但卻沒有什麼胃口，因為沒有一樣是沒吃過的，真不知道從何挑起？我在想，結婚紀念日一定要這樣嗎？我最記得有年我們紀念日，我老公送了一百朵玫瑰到我辦公室，很愉快的拍了照片後，不知道這些玫瑰要怎麼辦，這也就罷了！問題是第二天，我那開花店的同學打電話要把帳單給我，也就是說，我老公跟我同學那裡訂了花，但沒錢付帳所以要我付，這真是哪門子事啊！我只得慎重的告訴老公，下次直接把買花的錢給我好了，因為花還要找人養，鈔票比較好用又重要！

今天呢？我端著酒繞了半天，一直在想，結婚紀念日到底最重要的是什麼？我相信有很多人很在乎很重視，因為兩個人生活能超過十年以上是很不容易的，而我結婚十六年更是偉大的戰績啊！一個人一生有多久，兩個人親密的牽手能走多久，就著目前的世代來看，的確是不容易啦！

於是，我做出了一個結論，結婚紀念日最重要的不是眼前的美食，或任何浪漫的禮物與美景；最重要的是，男人不能把老婆弄錯，女人不能把老公弄錯；即使有一天髮蒼視茫，記憶喪失，也沒有弄錯，我想這樣就夠了！

情人節該去哪裡

一年有這麼多節日，獨獨情人節，會讓人想到要跟另一半去哪裡？如何塑造氣氛，表達愛意，讓情感升溫，美麗停留在此刻。當然，也有人蠻不在乎，因為情人已經變成淡然無味的家人。家人，也不一定平凡無趣，但看能否一同在生命裡長大，就有奇蹟出現。

我跟老公結婚多年，又沒小孩，自然而然彼此倚賴，像家人、朋友、甚至還有很多人說他像我爸……，最少的時間是像情人。另一面也可以說，我們很多很多日子像情人；但我們會各人有隻筆，面對月曆，勾出當天像情人的溫度分數，如果同一天分數相近，那就賓果，可以一起存五百元到錢罐裡，為著以後可以實踐旅遊的夢想。

今天，自然也是沒什麼特別要做的事，只是跟我老師約好，她單身，我們要陪她吃飯，正確的說法應該是她想請我們吃飯。所以，一天的浪漫從感恩與關懷別人的角度開始。

一堆吃到飽的食物填滿後，因為地點離世貿很近，我跟老公就決定去世貿看展覽，雖然什麼東西都沒買，卻讓我發現一個天大的轉變。

從前我跟老公出門，我就像一個常會搞失蹤的小孩，很容易被店家吸引而跟老公走散；但是今天我突然發現，我最在乎的並非攤位的各種新鮮玩意兒，而是我老公的心情，他喜歡駐足的地方，他等待我的徬徨。但是過去，我總覺得是他不關心我想要什麼，他不跟我同心合意，只拼命往前走抵達他所要的物品攤位，所以走失情形時常發生，讓我一面興奮的看展覽，一面憂心地張望老公的身影。

當情人或夫妻彼此雙方面，因為注視關懷對方，在乎對方的需要，彼此相信與體恤，並願意放棄自己所求所想的目標焦點；那麼瞬間就會變成永恆。

情人節該去哪裡？該坐在哪一個位置？我想該走入那跟隨在我身邊的人，他心裡的位置。

不再爭對錯

我跟丈夫結婚十幾年來，直到最近已經很久沒有吵架了！從前我們一吵起架，丈夫總是怒火中燒，怒目相視，暴跳如雷，捶胸頓足，有時甚至還會拿起刀子砍自己，不然就是氣沖沖的衝出家門，無視於我的言語、我的存在，弄得我更火大！

因為我無論如何生氣，總會分析事理的對與錯，希望好好的溝通說服對方，可是他的暴怒與暴跳，讓我覺得他非常沒有水準，簡直無法忍受！

但到底是什麼改變了這一切呢？其實並不是他改變了，而是我改變了；其實也不能算是我改變了，而是主耶穌的愛融化了我。

記得從前每次爭吵，丈夫總認為是我引起的，我卻從不以為然，因為我總是會很斯文的咬文嚼字，絕不會隨意大聲吼罵。但是，我細想結婚這麼多年來吵架的過程，似乎千篇一律都有一個狀況，就是我有理他沒理，而我總以為對的人應該贏，人也應該要不斷地反省而去做對的事情。原來，對待自己至親的人，最容易得理不饒人了。

在生活許多實例上，我時常說他：「你為什麼總是這樣？總是講不聽，總是不改，總是亂花錢……？」但是我發現，我唸一千遍也沒用，只惹得他大罵：「妳到底說夠了沒有？有完沒完？」然後我再說：「為什麼你總是不知反省呢？」結果他就用力甩上門衝出去。

每一次吵架，他總是對我說：「為什麼你不信任我呢？」於是，真的有一天，我在禱告中問主，為什麼我不信任他呢？因為太親近，所以我總是看到他處事的缺失、性格的弱勢，我總是鑽研彼此雙方在思想與作法上的差異與對錯，而忽略了愛。

有一天，當我問主耶穌，為什麼我跟丈夫有這麼多爭吵？我真的不信任他嗎？主對我說：「那麼，你信任我嗎？」我說：「我信！」主又在心裡問我：「那麼你信任我為你的人生所做的一切安排嗎？」我突然遲疑了……！我說不信表示我在心裡多麼的反對那創造天地的神所為我安排的一切？表示我是反對神的？我說信表示我接受神，我感謝神，感恩於祂所給予我、並我目前所擁有的一切！於是，我明白了，我的丈夫是神所給我的，就是最好的！問題的重點不在於丈夫有多少對錯，而在於神的愛無限多；祂從不在乎對錯，祂只會把最好的給我。

當我心中仰望那在十字架上的基督，我突然明白！基督被釘十字架，根本就是一件受盡冤屈的錯的事情，但祂爭了對錯嗎？這不是對錯的問題，而是愛的問題，因為神愛世人，所以祂願意被釘，死在十字架上，並且三天後復活了。這就是愛，愛產生生命，產生盼望！

有一次，我也忘了關飲水機的開關，導致水一直流出來，流了滿地，丈夫看了，他也沒有罵我，只是拿著抹布擦乾淨，然後叫我下次要記得。我突然覺得很慚愧，我從前總是會抓他的錯處一直唸，但是我錯的時候，他總是會替我收拾善後。

家人生活在一起，總會彼此或有過失，但只要對方有意識到自己的問題，另一方又何苦咄咄逼人，反而應該充滿愛與關懷。比如丈夫丟了錢，我現在只會簡單的說著：「丟了就算了，以後要記得別亂放喔！反正只要我沒把你弄丟，你沒把我弄丟就好了呀！」

我們生活中所需要的，不是論長短爭對錯，而是愛。愛是包容、赦免、體諒，給予對方充分的信賴與自尊。

這個男人是妳的嗎？

我認識一對夫婦，結婚七年並無兒女，兩人相處時起情緒摩擦，最近又鬧得要離婚，不是誰有外遇，不是經濟問題，也不是生育與性問題，就是適逢做妻子的月經來潮，做丈夫的又工作壓力大，無法克制情緒，沒個柔聲細語，反來粗手推撞，這一發不可收拾，做妻子的就說家暴無法忍受……。

雖說清官難斷家務事，但是做朋友的，總是有傾聽心語的義務，所以我就聽這個做妻子的說著自己丈夫的種種不是，突然間聽她說到：「我已經跟了這個男人七年，現在還年輕，難道還要跟這個男人繼續走下去嗎？」

我疑惑地問：「那，妳有沒有感覺過，這個男人是妳的男人？」當男女走到婚姻路上，就已經不是「別人」，而是彼此相屬；既是彼此相屬，那就是彼此在對方身上都有責任，對方的好與不好，不再是對方的事，而是夫妻共同溝通相處的事。我問她的這句話，令她一時語塞，我只好再打破沉寂地說：「我丈夫曾經犯錯欠下大筆債務，那時我真想離開他、不管他，但是他認錯了，我就問自己，這個男人再糟糕，也是我的男人，既是我的男人，那就是生命共同體，不該給他機會嗎？他的犯錯，難道我都沒有責任嗎？是不是我對他的關心不夠？或是相處的方式需要調整呢？」我把我的經驗分享給她，那是一直令我傷痛的經驗，但這傷痛讓我明白了什麼是愛，什麼是夫妻患難與共的親密關係。

當然，夫妻之間的相屬關係，跟物品所屬是不同的，因為物品有時間限制，且無法在身心靈上有密切的溝通互屬。夫妻不同，乃是共同經營一個家庭。我相信，所有結過婚的人要沒吵到過想離婚，那應該很難，但這時就需要想到，在你身上所有發生的事，都經過神的許可，所以這個伴侶，也是神所賜；也許你不明白，為什麼這條路好像這麼難走，有甘有苦，但這就是人生成長的美妙軌跡！

後來這對夫婦又不鬧離婚了，其實我們每一個人都一樣，越是親密愛人，越易發生摩擦，因為我們永遠對自己最親的人要求最多，但反個方向想想，對方也需要我們，我們都不完全，都有情緒上的缺口漏洞，只有相互體諒，用同理心看待對方，一同攜手成長，在愛的路上披荊斬棘，終會成漫天花香。

愛，無法替代！

女同事的父親患有帕金森氏症，最近加上感冒引起肺炎，住院後不到幾天又因看護不注意，一口痰哽住差點斷氣，弄到急救進加護病房；期間，每逢家屬進去探望時，醫師護士都說病況不好，可能沒希望！於是，家屬積極與院方溝通，希望能特別允許家屬二十四小時輪班在加護病房內陪伴。

女同事這些天來，有時值大夜，有時白天也跑去，所幸醫師證實有家屬隨時在旁陪伴，病況真的逐漸好轉。但某日我看見這位女同事一整天沒進辦公室，從早到晚都在加護病房，因為加護病房不能隨意進出，只能在旁不動，我便問：「那妳這一整天都沒吃、沒休息啊！」

她說：「有啊！我禱讀聖經，吃飽靈糧！交託主就有真正的休息啊！」

我非常擔心這位原本就很瘦的女同事，這下可能變成貓熊啃的那根竹子，還可以將自己獻給貓熊以示愛台灣拼經濟的心意。於是，我想第二天到醫院探望，便打電話邀約在當地醫院附近的姊妹能否一同前往。我告知這個姊妹，這位女同事的情況，這姊妹回答：「她為什麼這麼累？怎麼不請看護呢？……喔！對，我忘了，是家屬特別要求才能進去……。」

這個姊妹提出一個好問題：「為什麼不請看護？」當時我立刻想：「因為這姊妹還不懂什麼是愛……！」請看護？結果弄到咳痰噎到需急救送加護病房！我想，就算一個有錢有勢的人，可以在加護病房請特別護士，還再請許多一流專業醫護人員全天候細心照料，但那仍然不算愛！什麼是真正偉大的愛呢？就是除了自己以外，沒有其他人可以替代。

愛，除了將我們自己獻上以外，別無替代！用什麼方法，找什麼人，花多少錢，都不是神對我們愛的原則。同樣的，當我們講孝親友悌，大聲疾呼弟兄姊妹間要彼此相愛，結果需要的時候沒有在身邊，那再講什麼做什麼，都並非神所要彰顯之愛的最高點。

愛，就是除了自己以外，沒有任何人可以替代。基督就是這樣愛了我們。

最後的擁有

「如果說，影響我最深的是爸爸，那麼影響爸爸一生極大轉變的，就是湯姆叔叔。」強生這麼說著。

湯姆叔叔跟強生的爸爸是大學法律系同學，感情非常好；強生幼時，兩家人經常外出郊遊，後來由於湯姆叔叔成為律師，但強生的爸爸卻必須接掌家族事業，而忙於拓展各地據點，經常不在家。

可以說，從強生有記憶開始到中學時代，對爸爸的印象是極其模糊的，只知道他是個肩負使命，扛起所有問題重擔的人；且無論到任何地方，每個人都對他很敬重。因此從強生懂事開始，就對爸爸的睿智才幹，強者形象，內心充滿欽慕；強生雖然很少跟爸爸相處，卻努力要成為像爸爸的人。

每逢暑假，爸爸都讓強生獨自到國外遊學，培養獨立生活能力，或是去打工，爸爸認為強生必須從基層做起，才能了解企業的真正問題。因此，強生即使在爸爸的公司打工，都必須很祕密地，遠遠望著爸爸巡視的背影。強生很喜歡這樣的工作，因為望著爸爸背影的時間，比在家裡看到爸爸的時間多都多！

很自然地，湯姆叔叔成為強生爸爸公司的法律顧問，兩人依然是親密戰友，只不過很少有家庭式的聚會了，強生也多半是在公司打工時，偶遇湯姆叔叔時禮貌性的打聲招呼。但是，在強生高中畢業那年，某個下雨的夜晚，湯姆叔叔突然到訪，對強生的爸爸說：「這件事關係重大，對我來說是生死關頭，對你也是，所以你一定要跟我走一趟。」

強生的爸爸又疑惑又緊張地問：「到底是什麼事？去什麼地方？你要告訴我啊！」

湯姆叔叔拉著強生的爸爸：「你先上車，跟我走就是了……！」

強生的爸爸基於好友情誼，只好上了車。直到後來，強生才聽爸爸說到這整件事情的真相……！

竟然，湯姆叔叔把強生的爸爸帶到墓園，停在一個墳墓前，對自己的好友說：「你知道這是誰的墓地嗎？是我父親！他很早就過世了，卻帶給我無比的遺憾。我父親一輩子努力事業，為此拋棄我跟母親，最後他在臨終前找到我，對我說，『兒子啊！爸爸對不起你，我為了財富與地位，放棄了家庭的溫暖，如今我最後所能給你的，只有一點點遺產，但是我自己死後，卻是一無所有的呀！』當時，我哭著回答：『你還有一個機會，那就是相信主耶穌，然後安心地到祂那裡去。』父親相信耶穌並受洗後翌日，就走完人生旅程。接著，我沒有接受父親的任何遺產，全部捐助給公益單位。因為我知道，沒有任何東西能夠代替時光流失中，難以挽回的愛。」

那時，強生的爸爸聽完湯姆叔叔的故事後，含著淚說：「我明白你的意思！我答應你，明天好好到醫院檢查，然後準備半退休狀態。」

原來，整件事是因為強生的爸爸跟湯姆叔叔一起參加公司高階主管的體檢，湯姆叔叔狀況還算正常，但爸爸卻被驗出有心臟病、高血壓、糖尿病，而且還因過度勞累導致肝硬化，醫師囑咐必須進行心臟支架手術，還要進一步住院檢查治療，但爸爸卻推說工作太忙，擔心公司業務，沒有時間生病，因此湯姆叔叔帶爸爸到墓園，說出心痛往事。

湯姆叔叔這段故事，使強生爸爸重新醒悟，回到家中告訴強生：「兒子，……爸爸過去疏忽了這個家，沒有陪你成長，對不起！」

強生撲過去擁抱著爸爸說：「不！爸爸，您永遠是我心中的偶像！」這是他們父子第一次這麼親密的暢吐心意。

接著，強生爸爸處於半退休狀態，進醫院接受治療，出院後好好調養身體，並用所有的時間，陪著家人，在院子裡蒔花植草，聊天、運動。六年後，強生的爸爸不但維護了健康，強生也順利接掌爸爸的公司。

從此，不管強生擁有什麼，都明白一件事，那就是這一生最重要的，並非名利財富，而是對家庭付出的愛。因為人生到最後所能擁有的，只有愛。

輯五

生命發光

生命的痛

我有一個女性朋友，我時常覺得她是我所有朋友中最不幸的一個，幼年喪母，少年時期父親坐牢，半工半讀完成學業結婚後，又生了一個有唐氏症的孩子，老公還有暴力傾向，棄她而去，最後跟唯一的兒子相依為命，日子倒也過得十分平靜。

有一次，我到她家去，跟她聊著正起勁，一不注意她兒子，竟然就把頭撞倒桌腳，以致右額頭眉毛邊流血了，我感到十分愧疚，都是因為我來聊天所以才讓她忽略了孩子，於是我趕緊把他抱起來問：「痛嗎？」

孩子說：「嗯，好痛！」

我朋友幫孩子把血跡擦掉，說：「不會痛的，勇敢！再去玩積木，來，媽媽和阿姨陪你一起玩。」

我很疑惑地問：「孩子受傷流血，怎麼會不痛？真的沒關係嗎？」

朋友微笑著說：「他當然痛！但他從小都是這樣的。再讓他動一動，陪著他玩，轉移他的注意力，他就會忘記痛……！」她頓了頓，沉思了一下，像是頗有體悟地笑著說：「我從小到大不也是這樣嗎？呵呵！人只要活著，不論你愚笨還是聰明，都會跌倒，都會流血，都會痛！但只要你再站起來，動一動，轉移注意力，傷痕總會過去，歡笑也會掩蓋一切；只要你願意動起來，沉浸在玩樂中，就像孩子一樣！」

我突然明白了，如果我們一生所遇到的任何傷痛，都能像孩子一樣，跌倒流血了，哭一哭後，爬起來再玩，忘了痛，又沉浸在笑鬧中了！只要活著，還能動，就有盼望。

當晨光照亮時

深黑的夜裡，她蜷縮在浴室一角，讓淚水將自己淹沒……

當阿丹十五歲時，父親被宣判罹患末期癌症，全家人陷入黑暗絕境。

因著朋友介紹，他們全家人來到教會，接受基督信仰。受洗那一刻，阿丹看到命末垂危、枯乾瘦黑的爸爸，居然全身會發光，滿臉喜樂平安！她簡直不能相信，爸爸真的得到了新生命，將來全家人也都會在天國相見。

然而，父親過世後，阿丹經過一段叛逆期，只顧將青春奔放，陶醉於情海搖籃。她姣好的身材，清麗的容顏，不僅是男孩群中追逐的對象，更常在伸展台上串演走秀。因此，除了幾次催淚情傷，讓她思索著心靈依靠的方向，似乎無法感到，耶穌的愛多麼闊長深高。

阿丹從未想過，一連串不幸將落在她身上。首先，坦率熱誠的性格，令她在那晚與朋友歡唱之後，遭受性侵！她不甘心，決定提出告訴；但那男人跪地哀求，表示自己已經離婚，如今非她不娶。阿丹想想這人也儀表堂堂，經濟條件不錯，對自己更一往情深；事已至此，不如順著命運安排，交往看看吧！

不到一年，她發現全是騙局，那男人只是分居而非離婚，自己居然像傻瓜一樣被玩弄；還幻想有個企業家男人把她捧在手心。

她簡直瘋了！原來自己滿腦無知，滿身罪污！深黑的夜裡，她蜷縮在浴室一角，讓淚水將自己淹沒；她不能原諒自己，更不能原諒那男人！

在血淚狂盪的撞擊中，突然，腦海閃過一絲念頭，一道光射進她心底：那是父親信主受洗時臉上發出的榮光！現在，主耶穌還會接受她？原諒她嗎？她這樣想的時候，一道清晨的日光正從浴室窗戶外射進來。

整夜未眠的阿丹，突然間擦乾眼淚，跌跌撞撞地站起身來，把自己清洗一番。然後，她想，好久沒有去教會了，或許自己所有的問題，只有主耶穌能夠給予答案。

當她一到教會，弟兄姊妹是這樣熱切歡迎她，一股愛的暖流湧進心窩，撫慰著她受創的心痕。出了教會門口，不知何去何從，但卻突然有一股力量，讓她莫名的將手舉高，另一手突然摸到自己的右乳，怎麼……，好像有一個硬塊……？

第二天，她即刻到醫院做一連串檢查，醫師說：「妳太幸運了，居然連原位癌也能讓妳摸到！」一週後，醫師又告訴她：「妳不是原位癌，是第一期，要全乳切除，並且作化療！」她整個人又像昏死般！但母親、家人、教會裡的弟兄姊妹，圍繞著她，不斷禱告。

剛開始，阿丹認為自己沒救了！她告訴醫師：「我父親做化療也沒用！而且我知道做化療白血球指數必須超過四千，但我從來沒有超過三千……！」

不料醫師打斷阿丹說：「喔！不！不！第一，妳跟妳爸爸是不同的，妳很有希望。第二，妳的白血球指數是四千二……！」阿丹這才如夢初醒。

手術後，她經過六次化療，每一次白血球都正常。雖然過程中她全身痛苦不適，掉髮、嘔吐、膀胱出血、吐血……。但是，家人、教會弟兄姊妹，陪她一路走過；耶穌從來不放棄她，愛她到底。在這過程中，因著主耶穌的愛，她學會了饒恕，也學會了怎樣愛自己並愛別人。

現在的阿丹，經常與許多朋友分享生命經歷，甚至幫助了許多憂鬱想自殺的人；她也拍寫真集，比從前更亮麗、活潑。不同的是，這積極光明的生活，來自於回到耶穌的懷抱中。她說：「我不知道明天如何，只知明天掌握在神的手中；而死亡頂多不過是換另一間套房，但有了耶穌，會住得比總統套房更高級！」

暴風雨之後

大衛默默進房，跪在床上抱頭痛哭……

五十年前，一個暴風雨的晚上，一名年輕女子瑪莉，做了一個重大決定：把懷中初生的嬰兒交給別人撫養！想著丈夫幾個月前去世，她斗大的淚珠不斷地落在嬰兒紅通通的小臉上。

她祈求著，盼望這孩子能被有錢又有學識的人家收養，將來好好讀書，不會像自己這般無能。此時，電話響起，接洽收養事宜的社工打來對她說：「真抱歉！原定要收養的一個醫師家庭，又覺得比較喜歡女孩……！但是，還有另一對無法生育的夫婦，非常盼望收養妳兒子，可以嗎？」

她有點遲疑，不知對方家境如何？會好好愛兒子嗎？但是，已無時間與餘力可以多想，只能交託給神！唯一要求的是，親自把兒子送到這戶人家。

一切並不如她所期盼，這戶收養人家的男主人，竟只是個鐵路工人，沒錢也沒學識，住屋又簡陋；但進去一看，夫婦倆為嬰兒佈置的房間，卻非常溫馨、應有盡有，對瑪莉更是充滿感激地說：「謝謝！真謝謝妳把這麼可愛的兒子給我們！」

男嬰被取名叫大衛，養父母非常疼愛他；甚至慣得他聰明調皮，即使家境貧困，仍然惹禍不斷，常令老師頭疼。中學時更處處反抗父母，甚至有次說：「為什麼我跟你們長得不一樣？我一定是你們從垃圾堆裡撿來的……！」大衛撂下話就衝出去，夫婦倆只好回到房間，為孩子禱告流淚。

深夜，大衛回到家，發現父母房間燈還亮著。不禁過去偷聽到母親說：「雖然大衛不是從我肚子裡生出來的，卻是神恩賜給我的心肝寶貝啊！……都是我沒學問，不能教他讀書！」父親安慰著說：「別這樣想，妳看，我每天少吃一頓午餐，把錢省下來，以後肯定夠他讀大學的……！」

聽到這裡，大衛默默進房，跪在床上抱頭痛哭。

大衛開始發憤圖強，努力讀書；父母並不清楚怎麼回事，只相信有神慈愛的眷顧。幾個月後，他考上了大學，但卻是學費最貴的一所大學。

兩年後，一場意外車禍，奪走了母親的生命，也讓父親成為重殘。這使大衛必須休學，一面打工賺錢，一面照顧父親。由於經濟拮据，父子倆遷入一間窄小瓦房；但大衛並未放棄夢想，他堅持每天讀書到深夜，不斷研究自己喜愛的微電子。

二十五歲那年，他擁有多項發明專利，並開始在不到五坪的瓦房裡，開始他的創業夢想，並與大學同學合作，研發電子零件的生產。幾年間，他的兩人工作室，變成五十人、甚至上百人的公司，成為竄紅最快的電子資訊企業。三十五歲那年，他的公司股票上市，且一路飆漲。

但就在這時，他因為與某大通路商合作，接受其投資，但其後又因理念不合，居然被董事會裁撤職務。也就是說，他被自己親手所創立的企業趕了出來。

更不幸的是，這時父親也久病辭世；他正感到一無所有，愛情卻悄悄降臨。一個在銀行工作的女孩，守護在他身邊；兩人結了婚，並創立另一家資訊公司。

他的新公司業務蒸蒸日上，幾年後股票上市，產品橫掃業界，一枝獨秀，令他原來所離開的企業，不得不與他合作；甚至，他還拿回了原來公司的經營權，也就是說，他的新公司併吞了舊公司。

五十歲的大衛，事業走上顛峰，又擁有妻子兒女的愛，人生正值意氣風發；但健康檢查時，醫師卻宣佈他得了癌症！這豈非好戲正高潮，卻要突然落幕？

一年後，在某個會場講台上，大衛述說著：「因為家人的愛，我才能勇敢接受手術與化療；我不知道會不會再發病，也不知道我的人生舞台何時會落幕？但我知道，在不斷暴風雨襲擊的人生舞台上，我認真並誠實的演出過每個角色；即使落幕時候，我也不在乎掌聲，只在乎我曾經堅持對人對事的熱愛，將永遠存在！」

台下掌聲與淚水交織，唯一在呆滯中落淚顫抖的，是一名七十餘歲老婦人——大衛的生母瑪莉。

只要心中有光

三十一歲那年，她完全失明……

小雯出生在台灣南部一個淳樸的小漁村，雖然家境並不富有，但和諧美滿，求學過程也很順利，尤其頗有美術、音樂才華，再加上一雙美麗的大眼睛，健美的身材，對未來前途自信滿滿。

大學畢業後，她順利成為廣告公司美術設計師，幾年後升為藝術指導，收入優渥，也跟相戀多年的男友結婚了。眼中所見一切，盡都是燦爛美好。

但就在二十九歲那年，她漸感視力模糊，原以為只是工作過於勞累，不料經醫師檢查，她罹患了開放性青光眼，視神經快速萎縮中，可能即將失明！

這對她真是太大的打擊了！她的生命，她全部的世界，完全是由眼睛構成的啊！不，她不能失去視力！於是，她開始遍尋中醫、西醫、民俗療法，甚至丟下深愛的丈夫，到深山修行……。

然而，一切沒有好轉；三十一歲那年，她完全失明；絢麗璀璨的生活，頓成無盡黑夜死寂。

小雯跟大多數人一樣，從不認為「人生無常」會落在自己身上，並且還在這生命的黃金時段啊！

她不甘心！充滿了怨恨、痛苦……，不！一定是前世業障太多。於是，她持著手杖，光著腳丫，從台北步行到高雄；臉是淚，身是汗，腳是血……！

但是，她的身、心、靈，沒有絲毫好轉，卻似乎掉進更深的無底黑洞。有人說她身上有邪魔，必須鞭打、燒疤，又再弄得滿身血膿、烙印。但是，仍然只有絕望。

她開始磕頭，只要知道哪裡有佛像、石頭……，就拼命磕頭，十個、百個、千個，磕到全身癱瘓倒地。但是，還是沒有平安。

她真的絕望到谷底！原本擁有美術設計才華，美好前途，如今盡成永遠的黑暗空茫！她不再尋求任何幫助，丈夫、親人的安慰也沒有用，她完全放棄了自己，甚至想放棄生存！

但就在這時，突然有人敲她家的門，這些人表示他們是基督徒，要帶她認識真正能給人平安、喜樂、光明的基督耶穌，她突然從混沌的腦中閃出一線光明。於是，她讓這群基督徒進來，聽他們唱著：「遇見耶穌，我纔相信，有一種愛果真沒有條件；愛使祂來救我並住我心，背負我的軟弱，醫治甘甜……。」

她的淚突然滂沱落下，但這次不是痛苦憂傷，而是感動喜樂！就像一個在宣佈死亡後的人，又奇妙的被電擊救活。

七天後，她進入教會，接受了基督耶穌的信仰。從此，不再掙扎無望的黑暗中，而活在滿有盼望之神榮耀的光中。

現在，小雯天天跟隨著基督徒，天天唱詩歌、聽聖經，心裡有什麼話都盡情向神禱告，她說：「如今我過的生活，比以前看得見的時候，更有喜樂與平安；因為神來到我心中，成為我的光照，讓我活出一種光明的生活。過去，我雖然是看得見的，卻在內心是看不見的。如今，我的眼睛雖然看不見，但是我的心中卻擁有了真正的光明。」

在永遠年輕的背後

青春、美貌、夢想……，頓時灰飛湮滅……

莉娜站在台上隨著音樂節奏舞動歌唱，歌聲嘹亮動人，搖曳生姿；眸光流轉之際，盡是粉嫩的姣好容顏；擺手扭軀之間，顯出婀娜的身材曲線。一曲唱畢，掌聲響起之後，從台下的歌迷群中，遞上一張紙條，上面寫著：「我從少女時期就愛聽妳的歌聲，但如今我已兒孫滿堂，老態龍鍾，為什麼妳還這麼年輕有活力，一點沒有歲月痕跡，請問有什麼保養秘方？」

「這正是我今天想要跟大家分享的故事啊！其實我並沒有用什麼特殊昂貴的保養方式，唯一的秘方在於『心境』！無論環境多艱難，光陰如何逼人老，但是當我每一天都感到有種新生命從心底湧起，那才是無與倫比的力量！」接著，莉娜開始娓娓道來她一生的滄桑，揭開不為人知的消失瘡疤……。

小時候，莉娜生長在貧戶區，受盡飢餓、嘲笑、欺凌，從有記憶起，就必須跟著哥哥姊姊去拾荒。在拾荒路線中，她總會經過一家歌廳門口；每一次，她看著耀眼的海報，聽著進出的客人口裡哼著歌，內心產生強烈的羨慕：「有一天我也要脫離貧窮，成為人人捧在手心的歌星！」

此後，她的人生有了目標，不時地哼歌練唱。十二歲開始，她沒有錢繼續讀書，跟哥哥一起，在歌廳門口替客人擦鞋。十五歲那年，她終於等到一個機會，歌廳貼出告示將舉辦歌唱比賽，這讓她欣喜若狂。

果然，莉娜在歌唱比賽中脫穎而出，獲得在歌廳內表演的機會，但只是擔任後面的合音角色，這已讓她很滿足。直到三年後，歌廳老闆換人，新任經理發現莉娜音色獨特，決定培植她當一線歌手。終於，她能獨當一面站上舞台；她唱著情歌時流著淚，感覺那夜整個世界都屬於自己。

莉娜逐漸走紅，成為許多男人為博取一笑，而一擲千金的對象，追求者更如過江之鯽。最後，為了真正脫離貧窮，有個永遠安定舒適的日子，她選擇嫁給一個大她二十歲的企業家，當個貴婦少奶奶。

好景不常，當兒子出生後不久，丈夫開始徹夜未歸，幾個月後，更堂而皇之的帶著另一個女人進門。莉娜抱著兒子，跟丈夫爭吵、哭訴，但結果卻是在一個暴風雨的晚上，她被趕出家門，丈夫丟了一疊鈔票，逼她簽字離婚。

失去家庭、丈夫與兒子的莉娜，重新流落街頭，不到三十歲，已從內而外，像一個歷盡滄桑的老婦。青春、美貌、夢想……，頓時灰飛湮滅。舞台早已被新人取代，為了維持生計，她一再懇求從前的歌廳老闆，給她一個機會唱一首歌就好。這樣，復出後第一次登台，同樣一首情歌，唱得她更加淚流滿面，感動所有聽眾，掌聲不絕。

再一次，她登上情歌盈淚后座，演唱會人潮爆滿。她開始到處登台獻唱，疲於奔命；不料有一次，在舞台彩排時，她突然昏倒，經送醫診治後，醫師宣告她得了腦瘤，必須開刀治療！

她完全不能接受這事實，想到自己是個靠著美貌與歌聲生活的人，怎麼能接受病容摧殘，而且手術……，手術後可能有很多併發症……！

躺在病床上的莉娜，經紀人放棄她，觀眾也逐漸遺忘她時，有個護士除了照顧她以外，還送她一本聖經，對她說：「我好喜歡妳喔！妳可以教我唱歌嗎？我最盼望能在教會獻唱詩歌！」這讓莉娜感到生命中出現一絲暖陽，重新肯定自己。

出院後，那個小護士邀約她到教會，並開始參加許多慈善演出活動，這讓她真正得到新生。當她唱起過去的情歌，她不再哭泣；只有當她唱起生命詩歌「奇異恩典」時，才真是淚流滿面。

從此，她的淚不再為自己流，只有當安慰心靈痛苦的人時，她與他們同哀苦。因為生命裡有了真正的愛，使她日復一日更年輕，更有活力。「每天清晨，睜開眼時，無論陰晴，我都感覺如同新生命誕生一樣，充滿喜悅、盼望與能力。」如今，年近八十歲的莉娜，在舞台上向著觀眾這麼傾訴著。

不藥而癒

安迪是一名律師，三十多歲就在司法界嶄露頭角；同時也因為伶牙俐齒地幫人打官司，而得罪了不少持相反意見的人，致頗受爭議，褒貶皆具。

某次進行一場大官司，他正在法庭陳詞，突然嚴重流鼻血，令在場眾人訝異，但他自己只當是過於勞累，又有點小感冒所致，未加特別注意。幾個月後，症狀持續且頻繁，經妻子的勸告，到醫院檢查，竟被醫師宣告，他得了末期鼻咽癌，頂多只有半年生命。

雖然這如晴天霹靂，但生性冷靜的安迪，開始問自己，這一生最愛的是什麼？如果生命所剩無幾，該做什麼？他想起自己從小無父無母，在育幼院長大，因此立志功成名就，經過多麼艱難的辛苦努力，幾番過關斬將的拼搏，才有今日這些成果啊！難道自己這麼命薄福淺嗎？他看著睡在一旁的妻子，想起他們在學生時代相識相戀，那時他愛彈吉他、她歌唱，在校園中羨煞眾人。

第二天一早，他對妻子說：「妳知道我什麼時候感覺最幸福嗎？那就是與妳交往，我們自彈自唱在餐廳表演，賺取生活費的日子。所以，我好想回到過去……！」

妻子立即回應他：「那好啊！我們立刻收拾行李，帶著樂器，開始走唱生活吧！」

他們拋卻一切的煩惱與憂慮，回到安迪成長的育幼院，陪著孩子帶動唱，這讓忙於事業而無兒女的夫妻倆，重新感到甜蜜的幸福。兩個月後，他們夫婦決定，要到各處的養老院、育幼院、醫院，表演歌唱給孤獨痛苦的人，帶給他們生命的希望。

一年後，他們的足跡遍及各地，越是看見別人的笑聲，越忘記自己的病痛。因此，當安迪再回醫院複診時，醫師宣佈他的腫瘤已獲控制，令人難以置信，但事實是只要活出愛的意義，往往就會產生生命奇蹟。

行走不疲乏

莉莎是個金髮披肩、身材纖細、氣質出眾，約三十多歲的劇作家。有一次她跟著當地教會到台灣訪問，而當天的聚會我晚到了半個小時，所以進場時只聽到她在台上自信滿滿地說：「……我靠著那加給我力量的，凡事都能做。」當時我並不認識她，只當是一般聚會中的分享見證，講起話來充滿了活力。

只是我沒想到，當她走下台時，我看到她兩腿都是義肢，但她仍然不在乎地行動自如。我突然有點後悔，為什麼沒早點來聽她的分享呢？一時間，我對這個年輕女孩充滿了好奇。所以，在會後的茶點分享中，我找了個機會坐下來跟她聊聊，才發現了她的故事。

原來，她在高中畢業後，預備就讀大學體育系，因為她從小到大都是長跑健將，在田徑這一方面頗具天份，這也是她的理想與愛好。但為了想多賺一點錢，她就在暑假期間到外地打工，而這份工作必須住在當地兩個月；所以當晚她整理行李，通宵未眠。第二天開車途中，竟打起瞌睡，一不小心車子竟然翻下山路，掉進溪裡。當她醒過來時，發現自己被夾在車中，無法動彈。那地方又很僻靜，寥無人煙。

就這樣，她在車裡待了五天，都沒有被人發現，而她也完全無法對外聯絡，沒有東西吃，只有手邊一個水瓶，可以舀一點溪水來喝。她想，她真的毫無辦法了，就向神禱告祈求，這使她裡面開始產生信心，相信艱難必不會長久。

果然，到了第五天，有兩個修路工人路過，因為發現了輪胎印，而將她救起。不過，進了醫院她才知道，她的雙腿已經壞死而沒有知覺，必須鋸掉，才能保全性命。這對原以為要在田徑賽中奪獎的她，無疑是沉重的打擊！

莉莎說著，還是忍不住紅了眼眶。她說，的確當時整個生命沉到了谷底，她以為她的人生就此完了，再也不可能有任何盼望了。但是，因著父母一直陪在她身邊為她禱告，還有教會中的人不時地前來鼓勵她，慢慢地她才重新站了起來。

當她裝上義肢練習行走的時候，她發現原來行走並非要完全靠著自己的腳，乃是要靠著耶和華做她的杖、她的竿，她行走的加力者。人生的道路不是靠腳走出來的，因為耶穌已經犧牲自己作了我們喜樂人生的道路。

此後，她開始寫自己的故事；五年後，她幫電視台寫劇本，慢慢成為一個小有名氣的劇作家。她說，其實神已經為她寫好了一生的劇本，她只要信，就能快樂的走下去。

只管坦然無懼

阿芳從小就長得圓圓胖胖的，偏偏她又十分害羞，不敢跟其他的同學玩在一起；她認為自己外表不討人喜歡，十分自卑。

後來，雖然很幸運地，阿芳找到了一個憨厚的老公結婚了，但她對自己的觀點並沒有改變，即使丈夫一家人都對她很好，對她充滿了信心。

阿芳每天都非常緊張，想要盡最大的努力跟每一個人一樣，可是她做不到。為此，她的生活中充滿了不安，不管丈夫做了多少事要使她高興起來，都無法打開她的心扉，反而使她更封閉，更加躲開了所有的朋友，認定自己是一個失敗者。

可是，她又不願意丈夫發現她憂慮的心情，所以每當他們夫妻一同出現公共場合的時候，阿芳總是假裝很開心，結果又常常做得太過分了，這使她更不快樂，甚至根本覺得失去了活下去的勇氣。

直到有一天，她的婆婆正在跟她談如何教養孩子的問題。她婆婆告訴她，自己是如何地把五個孩子拉拔長大，其中有幾句話，猛然間打醒了她，婆婆說：「……我教養孩子最重要的一點啊，就是不管事情怎麼樣，都要接受自己，認識自己，以真正的個性，最坦誠的面目，坦然無懼的來到神施恩的寶座前……！」

「坦然無懼」！就是這一句話，一剎那之間改變了她。阿芳發現自己之所以那麼苦惱，就是因為她一直用著並不適合於自己的模式生活著。

從此，阿芳開始以自己真正的個性作為最大的資產，發現自己的優點，接受自己的不完美，學習多面的知識，參加教會聚會、社團……。逐漸地，她的生活全然改觀，充滿了活力與勇氣。她永遠記得，不論發生什麼事，都要坦然接受自己，來到神施恩的寶座前，這是生命最大的動力與恩典。

另一種選擇

阿成是家中獨子，從小受盡長輩疼愛，很順利的研究所畢業後，找到個不錯的工作，一時躊躇滿志，摩拳擦掌，以大展鴻圖。這時，他突然接到南部家裡來的電話，父親發生嚴重車禍，經過醫師判定，將導致終生癱瘓臥床，頓時全家陷入愁雲慘霧。

本以為即使家中積蓄被自己讀書花掉不少，但父親正值壯年，應足可擔當家庭經濟重任，不料這麼一來，家中收支面臨捉襟見肘，且肇事的卡車司機完全推卸責任，不肯賠償，惹得阿成十分惱怒，決定不計一切都要打贏官司，不僅忘卻理想抱負，就連能否保得了工作，都岌岌可危。

阿成覺得自己的生活恍如火坑，把爸爸接來台北後，每天下班後要忙著照顧爸爸，還要花時間整理官司文件，跟對方纏鬥，充滿憤恨與抱怨，脾氣變得很壞，就連女友都無法忍受而離去。

一年後某一天，預定好要出偵查庭的日子，阿成準備好了文件，也跟公司請了一天假，乾脆就在法院附近隨便走走吧！走著走著進入一個公園，微風吹來陣陣芳香，讓他感到心情舒暢；而晴空下，不知名的鳥兒在樹梢吱吱喳喳，好似美麗的樂章，這樣的心情是自他自父親車禍後，從來沒有感覺到的啊！他深受吸引，看見樹梢的鳥兒，沉醉在這個午後時光，急躁的心情漸趨平靜。等到他想起該辦的要事，不禁低頭看看手上的資料，覺得這些爭鬥文件，真是污染了眼前的這片美景！又想起這一年來，他為著要逼迫對方認錯就範，賠償損失，到處在日曬雨淋中奔波找資料，受盡別人的大小眼，還天天睡不好、吃不好、情緒低落、很容易引起遺傳性心臟病發作……

他看著花兒，不禁對自己苦笑搖頭，當下決定打個手機，約肇事司機的太太出來見面說：「我決定終止這場戰爭，我們私下和解吧？」

那麼堅定的阿成，竟願意如此，簡直不可思議，但司機太太仍然對他滿懷感激涕零地說：「謝謝你願意這樣體諒我們這個家，我知道我先生闖的禍不可原諒，但他也成了殘廢，我們全家這麼多孩子，可還要吃一口飯哩！」司機太太握著阿成的手，淚流滿面！

阿成的父親仍然躺在醫院裡，需要他天天去照顧，但阿成的態度卻完全不一樣了，他的心情喜樂，臉上充滿笑容，口中常說充滿感恩與鼓勵的話，他說：「這麼多年以來，我看見有很多人在幫助我；父親雖然躺在床上，卻還能對我有反應；我雖然失去很多，但至少還有工作，而且還年輕；我相信有一天，我仍然會大有可為的。」當他這樣想的時候，過去的種種遭遇、損失、抱怨、失戀等，都變得平靜中所蘊藏的另一種能量；而他也不再心存報復、意志消沉，恢復希望與活力，在工作上更專注。不久，阿成不但被拔擢為高級主管，也有了美好的婚姻。

我們無論遇到多大的生命創傷，若能選擇寬恕別人，放下紛亂的爭執，忘記恩怨情仇，僅僅看自己所擁有的，就能用感恩的心面對，這樣你的世界將更為廣闊。

調整方向

在許多年前，那個古老的航海年代，有一次，一條船駛向北西洋途中，突遇狂風暴雨，一名年輕的水手奉命爬上高處調整風帆，但他爬的時候，不斷往下看，看見在怒濤洶湧中顛簸的船隻，感到非常恐懼，開始失去平衡。

這時，一個老練的水手，對著這個孩子大喊：「向上看，向上看！」年輕水手這才調整了注目的方向，破除危機，重新平衡住身子。

我們注視什麼，就會被什麼擄獲；我們注視恐懼，恐懼就會把我們吞滅；我們注視來自上面的亮光與希望，就會被導引到生命的方向。所以，當我們發現自己不對勁的時候，是否曾經想過，需要調整我們的目光；目光準確，方向定位，許多事就會迎刃而解。

我的百歲祖母

台灣剛開放大陸探親的時候，父親的家鄉在江西省贛縣的窮鄉僻壤裡，好不容易才聯絡上；那時最令父親驚訝的，是我的祖母居然還活著，因為父親認定祖母年輕時身體就不好，加上她總是倚靠祖父，祖父去世了，她更不可能熬過文化大革命那段苦日子的啊！

有一年，我跟父母一起回鄉為祖母過一百歲生日。那是我第一次看到我的祖母，除了牙齒全沒，身體還真是健壯，我扶她走路時，她走得似乎比我還快，我擔心她跌倒，但她還真是健步如飛。

我最記得那天，我們一夥人要從旅館去城門玩，這段路聽說要走二十多分鐘，我們想老奶奶年紀大了，當然是打車過去，沒想到老奶奶一聽打車要五元，立刻說：「走路去就好了，五元我可以吃一星期飯哩！」我們一群人只好無奈地跟著老奶奶走。沒想到，一百歲的老奶奶越走越起勁，而當年三十歲不到的我，走在老奶奶旁邊已經氣喘吁吁地跟不上了！

等我們回到旅館稍微休息後，我找個時間跟祖母聊聊，雖然語言不太通，但我真的很好奇，照父親的說法，她的身體怎麼好像比年輕時越過越好呢？據我所知，爺爺在民國三十八年共產黨執政時就因為政治因素被槍斃了，那時候奶奶身體不是不好嗎？怎麼可能熬過來呢？

奶奶慢慢地對我說：「……你爺爺走了之後，我就開始想，以後我能多活一天就算多賺了一天啊！」所以她從那時候一直多活到現在……，我這樣想著。

「那麼，在文革的時候呢？那時候不是沒得吃嗎？」我再問著。

奶奶一臉滿意地說：「對啊！那時候我只要挖到有樹根皮吃，就覺得很好、很滿足……！」

我的祖母一直活到了一百零八歲才在睡夢中離世。此後，我每次走在熱鬧的街上，不知道想吃什麼、喜歡吃什麼的時候，我總會想起我的祖母，能挖到樹根皮吃就很滿足了！她不追求什麼，只珍惜並滿足所擁有的，我想這是她長壽的秘訣。

排桌椅的人

有個在教會中學習服事的弟兄，他被分派到的第一個差事，就是在聚會前，把桌椅排好，這是需要力氣又有點無聊的差事，久而久之，他開始做得很不情願，不自覺的埋怨主耶穌，為什麼這樣不重視他？似乎只有講道、唱詩等等這些服事是受到重視且蒙福，而自己什麼也不是，他開始越來越頹廢，聚會沒精神，甚至也不想來教會了。

直到有一天，他發現有一個跛腳的姊妹來幫他一起排桌椅，他覺得很奇怪，不禁問：「妳也被分配到排桌椅的服事嗎？」

「不是的！我是自願且樂意來幫忙的！」這姊妹回答。

那弟兄不解的問：「為什麼呢？妳自己的腳看起來行動都不方便，為什麼要做這個粗重了點的服事呢？」

「喔！不，我一點都不覺得排桌椅粗重、辛苦，反而我覺得這是最幸福、最蒙恩、最有意義的服事哩！因為每個人的座位都經過我的手，有我的禱告，有我對他們的祝福，那豈不是等於所有的人都跟我有了連接嗎？所有人在聚會中的喜樂、回到家的平安，都跟我有關啊！」

聽了這話以後，這位弟兄再也不輕看自己在教會的服事，反而更加認真，每一個排上的椅子，都為坐上這椅子的人禱告祝福，自己充滿了喜樂，因為感到每個人都能因自己小小排椅子的動作而蒙福，所以應當為著有分於這服事而更加感恩。

紅燈綠燈

我家大樓位在三岔路上，往左往右都有紅綠燈，樓下又有好幾個商家，有開洗衣店的、賣花的、賣彩券的，還有賣棉被寢具的；其中最有趣的就是開棉被店的那對老夫婦了，平常也不見他們生意有什麼特好的，或者商品有什麼特別的，彷彿只是開開店顧顧祖產似的。

唯一特別的是，棉被店的老太太，經常喜歡搬張椅子坐在門口紅綠燈旁，剛開始發現時，我以為她在招攬路過的客人，後來發現她注意的不是路過店門口的人，而是紅綠燈。

有一天，我看著她又坐在路旁，望著紅綠燈出神的樣子，真的很納悶，這條小街岔口的紅綠燈，每天都是如此單調，有什麼好看的呢？忍不住好奇，有一天我就跟她打招呼問：「阿婆啊！您每天在看什麼這麼專心啊？」

「紅綠燈啊！」她笑瞇瞇的指著頓時變化的燈號說。我更不解的問著：「這有什麼好看的啊？」

「呵呵！這你年輕人就不懂了。我們生活中，常常就像這紅綠燈一樣啊！紅燈的時候就不能動。動了就有危險意外；等一會兒綠燈的時候，就又通暢無阻了。可是有時候啊！有的車子一路順暢，遠遠看是綠燈，偏偏到了路口的時候紅燈亮了，想衝又不能衝過去，真是急死人啊！有時候，明明遠看是紅燈，前頭肯定難以通行，可是偏偏到了路口又變綠燈了，再踩下油門往前去。不過無論如何停停走走，最終總會離開這紅綠燈路口的。」

是啊！我突然明白了，我不需要為著人生中所遇到突然窒礙難行的紅燈而焦躁不安，也不需要為著一次綠燈而興奮不已。因為，順境逆境都是必然的，重要的是，繼續往前吧！

隨便怎樣都好

從前有一個國王，對於日理萬機的國事十分憂煩，他開始到處尋找快樂的秘方。正好這個月適逢國王壽誕，於是所有大臣們都想盡了一切辦法，要送各種貴重的禮物使國王快樂。

壽宴這天，王宮大臣齊聚，有人獻上歌舞、美女、珠寶、奇珍、書畫……，總之可說囊括天下玩物，只為博取君王一笑。不過，國王似乎都並不太滿意，因為他覺得這一切本來就是他的，為此國王更為頭疼不已。

這時，國王突然發現眾臣子中有一人膽敢沒有獻上壽禮，而且這人還是最近才晉升的將軍，國王大為震怒，立刻下令把將軍綁到殿前，斥聲道：「你好大的膽子，竟敢沒有獻上讓我快樂的賀禮來？」

將軍雖然被綁，仍然氣定神閒的回答說：「國王陛下，我當然有準備賀禮啊！我現在可就把我自己獻上給你了啊！」

國王聽了更憤怒的說：「胡說，我要的是快樂，又不是你！」

不料這位將軍竟然還是笑著說：「陛下，我就是快樂啊！哈哈哈——！」

於是國王下令把這位將軍貶為奴隸，在大太陽下揮汗砍柴。一個月後，國王特地去探望將軍說：「你還能快樂嗎？」將軍笑著回答：「感謝陛下恩寵，這樣的經歷真是太好了，我好久沒有這樣享受陽光，享受汗水的味道啊……！」

國王無法理解，這樣還能快樂？決定換一個方式對待將軍，把他一個人送到寒冷的冰山去放羊吧！這樣又過了一個月後，國王派人把將軍帶回來審問：「怎麼樣，你這個月在這寒冷的苦日子生活，這樣還快樂嗎？」不料這位將軍還是笑著回答：「當然啦！感謝陛下恩寵，我這個月感覺天天在過節哩！一片銀白色的世界，多美啊！」

國王實在不能明白，為什麼這個人無論擺在哪裡，都可以這樣快樂，而且還充滿了感恩呢？所以這一次，國王決定換個方式，把他關在潮濕黑暗的王宮大牢裡好了。這樣，又一個月後，國王親自去牢裡看看這位將軍。但這回國王更是大吃一驚，原來這位穿著囚衣銬著鎖鍊的將軍，正和獄卒和隔房的死刑犯，快樂地唱著歌哩！所有的人，都感染了這位將軍快樂的心情，不管是窮的、苦的、將死的，都彷彿在歡天喜地的慶祝什麼哩！國王吃驚地問：「你……，你們什麼都沒有，你們正在慶祝什麼呢？」

將軍答道：「我們正在慶祝我們擁有快樂啊！」

「哈哈哈——！」國王大笑著，笑了好久好久，從來也沒有這般笑過。因為國王終於明白，只有這位將軍送給了他快樂，因為你不能把你所沒有的送人；而快樂，正是這位將軍所擁有的。

快樂就是隨便這樣都好，不管自己深處何種環境，遇到什麼事情，也不在乎失去或得到什麼，都能往正面的方向思考，保持愉快的心情。

快樂就是有一種信心和盼望，相信不論景況如何，天地萬事萬物都在造物者的美意中。

為什麼不呢

我的父親是一個非常有名的耳鼻喉科醫師，他經常自豪如何讓那些病痛絕望的人，懂得面對人生；在父親的觀念裡，看多了生老病死，那是天地自然現象，都應該要去面對而沒有懼怕。唯一有一次是七年前，父親完全失算了，專業知識與人生道理似乎都無法讓父親一展所長，毫無用武之地。

七年前，我帶一個基督徒朋友去求教於我爸爸。這個朋友半年前被檢驗出得了鼻咽癌末期，也經過了一段化療與放射療法，現在我帶他來跟我爸爸談談，以更多了解如何幫助他的病況。但是，與其說他來求助於我爸爸，最後我發現是他幫助了我爸爸。

一進門聊起來，他告訴我爸爸他的病況，腫瘤的位置，目前的治療方式等等，而我爸爸也問了他年齡，家庭狀況等一些相關資料，因為我爸認為，通常年輕人新陳代謝快，癌症惡化也快；另一方面，癌症跟家族遺傳有很大關係。但最後，其實我父親是要告訴他，不要想太多了，該來的總是會來的，好像是醫師勸病人等死似的。不過，妙的是，我這位朋友從頭到尾都很喜樂，沒有擔憂懼怕，非常自然的回答我父親：「喔！我從來沒有多想啊！」

我爸爸說：「將來如何？都不要想啦！」我想爸爸是要告訴他，死了就死了不要害怕，就算怕死還是會死的意思啦！因為我爸一生中，有太多這種怕死結果死得更快的病人。

但我朋友卻說：「所以我從來沒想啊！我知道我現在處的環境是神給我的，所以我很喜樂；將來直到永遠的環境神也給我預備好了，所以我更喜樂！」

這時，我爸爸看了看他，突然問了一個問題：「你既然這麼愛耶穌，又為耶穌做了這麼多事，難道不問問祂，為什麼要讓你得這種病呢？」

他笑著說：「為什麼不呢？主耶穌為什麼不該讓我得這種病呢？祂是要看重我，要藉著我來榮耀祂啊！我從來不思考明天如何，我只為我今天所有的一切感恩！我也不努力去爭取什麼，多活一天或少活一天並不重要，重要的是主耶穌基督的愛，在此時此刻與我一同活啊！」

那時，父親的眼睛緊緊盯著他看，彷彿有一種光在吸引著他，這令一向自以為權威的父親不禁為之語塞，只好打圓場的說：「是啊！活得高興最重要……！」

之後，每過不久，父親總會向我詢問起這個朋友，因為以父親的經驗，他應該活不久的。但我都說：「他活得越來越快樂，好得很哩！不但喜樂、平安、充滿活力，還帶了很多人相信主耶穌，而且他第一次化療後從來沒有再復發……！」我相信，這在父親心裡一直想著，到底是什麼力量呢？七年過後，我那位朋友癌症治癒，經常把愛與喜樂、盼望分享給別人，這是最貴重的神奇妙方。

堅持走自己的路

古今來許多成功人物，都曾在自己最成功專業的路上，備受奚落，歷嚐失敗，但是他們並沒有放棄走自己的路，也沒有改變對自己生命的價值觀。

貝多芬學拉小提琴時，特別喜歡自己所做的曲子，也堅持不做技巧的改善，他的老師告訴他：「你絕對不是當作曲家的材料。」

歌劇演員羅素美妙的歌聲享譽全球，但他的父母反對他學音樂，他的老師更告訴他：「你那副嗓子是不能唱歌的！」

愛因斯坦四歲才會說話，七會才會認字，老師給他的評語是：「反應遲鈍，不合群，滿腦袋不切實際的幻想。」他甚至曾經遭到退學。

法國化學家巴斯德在讀大學時，化學成績是二十二人中排名第十五名。

牛頓在國小的時候，曾被老師和同學稱為「呆子」。

羅丹曾經考了藝術學院考了三次都沒進去，小時候他父親曾經以為他是白癡。

大文豪托爾斯泰讀大學時因成績太差被退學，老師評價他：「既沒讀書的頭腦，又缺乏學習的興趣。」

如果他們因為一時的失敗，或者師長、朋友、同儕幾句消極負面的話，就否定自己、懷疑自己、放棄自己人生的夢想與目標，那麼，我們就無法享受他們帶給全人類豐富的文明發展。

拾荒的人

明明颱風還沒登陸，就已見狂風暴雨吹襲，街上人煙稀少，而我也趕緊回家，一路上思索著，該準備哪些民生物品，門窗、陽台、車庫都做好防颱了嗎？這麼想時，卻在一個轉彎後的小路口，瞥見路邊有個拄著拐杖的男子，彎腰撿拾散亂在地上的一些瓶瓶罐罐，並扶起一張倒地的破椅子；一不小心，這男子滑了一跤，跌在地上，但仍然努力在地上爬著蒐集散亂物品。

我立刻小跑步地趕去幫他，因為他太可憐了，在這麼大的風雨中還要拾荒。當我在風雨中扶起他時，他說了聲謝謝，我說：「你真辛苦，這麼大風雨天還要出來拾荒，太危險了！我這有一千元，不算多，但或許能幫你撐幾天，趕快回家吧！」

雨水打在我們的臉上、身上，他卻張著笑臉說：「喔！不，我不需要的！」他指了指停在旁邊的殘障機車繼續說：「我下班趕回家，轉彎時不小心撞倒了這個飲料檳榔攤；既然是我撞倒的，就要負責恢復原狀啊！」

我十分訝異地回答：「但這個攤販老闆也有錯啊！攤子放那麼外面，明知有颱風，也不把東西收好，這應該是他造成你的麻煩與損失啊！」

我撐著一把其實沒有什麼用的傘，傘下的他仍然微笑地說：「何必管別人呢？也許人家也有生活的難處啊！當我還能行動的時候，多做一點又何妨？我為此感恩哩！謝謝你，你真是個好人！」

後來我知道，原來他是個程式設計師，雖有殘缺，臉上時刻洋溢著喜樂。他讓我明白，生活中許多事，不是自怨自艾，而是為別人擔起更多責任，問自己能做什麼。當我看見他穿著雨衣，騎上破爛機車離去的身影，油然生起一份敬意。

戰爭中的喜樂

二次世界大戰期間，住在英國倫敦的梅莉，剛擔任小學教師，充滿愛心；她有個一樣當老師的父親，賢慧的母親，從小生活在天倫和樂的溫暖家庭。

有天，她上班途中，眼見不遠就到了學校，偏偏此時遇上德軍密集轟炸，她趕緊找到遮掩處躲避，等到敵機掠過，卻見眼前一片瘡痍，學校幾乎被夷為平地，梅莉掩面不敢相信！昨天是那麼活潑可愛的學生，現竟被一個個抬了出來，到處是血肉模糊的景象。

更料不到的是，當她疲憊虛弱的回到家，迎面而來，是母親哭著撲向她說：「妳爸爸他……，在轟炸中喪生……！」兩母女幾乎昏厥！

梅莉自己陷入憂慮恐慌，母親因此重病臥床，母女天天以淚洗面，無法走出哀傷，更不知未來如何？直到有一天，紅十字會的工作人員到她家拜訪說：「……這附近很少家庭擁有電話，而府上正是其中之一，所以不知你們是否願意提供你們家的電話，成為紅十字會的聯絡中心？」

經過紅十字會的介紹，梅莉這才發現，全國、甚至全世界，都在飽受戰爭折磨啊！痛苦憂傷的又豈止自己呢？於是母女倆毅然答應這件事。

其後，梅莉開始為那些從軍的眷屬打氣，也安慰那些寡婦……。剛開始，她跟母親還是很虛弱，常常躺在床上接聽電話，後來慢慢地能做坐起來，接著越來越忙，甚至主動投入紅十字會的工作。她的母親甚至忘記自己的病，只顧去幫助那些比自己還慘的人。她們從來沒有發現，在自己生命裡，竟有這麼大的能量。

許多年後，梅莉成為大學教授，與一名法國科學家結婚，過著幸福美滿的日子，而母親也喜樂平安地活到九十五歲離世。有一年，梅莉將自己當年的日記出版成書，書中有段話寫著：「永遠不要看自己多缺乏，甚至也不要管環境多痛苦，只要願意拿出自己僅有的為別人付出，所獲得的喜悅與成就加倍，祝福絕對超乎想像！」

撿起地上的錢

有一年夏天我到加州開會時，順道被邀往橙縣郊區一個朋友家，這個朋友姓劉，是個華人醫師，在美國開醫院已經有二十年了，但他們沒有小孩，家裡除了傭人就是夫婦兩人，但住的地方卻像城堡一樣，前院大花園加上後院還有游泳池、網球場、果園，少說也有七、八百坪吧！這是我第一次參觀這種等級的花園城堡，進了屋內，接待室就有好幾間，可能平常也沒什麼人，當然裝潢典雅，一塵不染。

我真無法想像，夫婦兩人住在這麼大的房子，會不會很恐怖？當然我也認定，以他們沒有兒女要養，有錢過富豪的日子也沒什麼。所以，當日我們幾個朋友跟他們夫婦在城堡裡聊了一下午後，這位劉醫師就說要請我們吃飯，開了約四十分鐘的車，才到了一家很高級的餐廳。

下車後，走在我們前面的劉醫師，突然停下腳步，看著地面，沉思了一會兒，我還看不清楚地面上有什麼的時候，只見他彎下腰，撿起了一枚硬幣，哦！原來不過是一分錢嘛！他拿在手中晃了晃給我看，然後笑了笑，把這一分錢放進了口袋，好像撿到了寶一樣！我實在不能明白，一位醫學界的名流富豪，為什麼需要撿起一分錢？

晚餐的時候，這個問題一直在我心裡打轉，我在想，或許他有蒐集古董錢幣的嗜好吧？但這種一分錢幣，在地上常見，又不是古董，需要費工夫撿起來嗎？我終於忍不住的問他了。

他笑了笑，將手伸進口袋，拿出那枚錢幣，要我看清楚，但我實在看不出有什麼特別之處，我一臉茫然，他又笑了笑說：「你看到上面寫什麼嗎？」

「United States of America?（美國）」

「不是這個！再看看。」他搖了搖頭。

「喔！One cent?（一分錢）」

「也不是，再讀下去。」

「In God We Trust（我們信靠神）？」

「對了！」他點頭笑著。

我突然有點明白了。原來，最重要的是「我們信靠神」！

這位劉醫師說：「許多人在乎的是美國錢，但我在乎的是美國錢上的這行字——『我們信靠神』！我每次看到這行字的時候，我都停下來禱告，反省自己是否正在信靠祂，我所信靠的是自己的能力、財物、名位呢？還是這位真正賜給我一切豐富的造物神！我需要提醒自己，我的一切從祂而來！」

這時我才發現，當我們正在追求人生的學位、夢想、財富、身分的時候，其實要回過頭來看，真正最有價值的是「In God We Trust」！

曾說過的話

瑞思是個獨自撫養兒子的單親媽媽，工作上一帆風順，且被升職外調，因此帶著兒子移民國外，一切似乎前程似錦。

但是，事情並非所料，某次十五歲的兒子與同學在公園打球，卻遇上幫派火拼，意外中閃躲不及，一顆流彈射穿腦袋，當場斃命。

她無法承受這沉重打擊，哀傷過度，徹底被擊垮，自我封閉，終日以淚洗面，抑鬱成疾，且每下愈況，終於下定決心自殺，要跟兒子永遠在一起。

行動前，她最後整理兒子的遺物，看到日記中寫著：「我永遠不會忘記媽媽的教導，要有勇氣，以微笑面對任何橫逆的命運。」她哭倒在地！她記得，那是有次孩子參加運動會比賽失敗，自己鼓勵兒子的話啊！

雖如萬箭穿心，但她勉強撐起身子，站立起來，在兒子房間的鏡中對自己說：「已經發生的傷痛，再無法改變！但是，我可以達成兒子的盼望，做一個有勇氣生活的女人，把兒子的愛與勇氣延續擴大下去，如同他一直活著啊！」

當瑞思知道自己是兒子的榜樣後，她重新有了生命力量；並且也延續著對兒子的愛與勉勵，幫助更多青少年，在挫折中活出信心與勇氣。

不再做悲慘的人

某年輕人創業失敗，賠光積蓄與家產，更負債累累，甚至此時，女友還離他而去。一時間，感到人生無常，了無生趣，於是走到海邊，脫了破鞋，真想尋死之際，突然聽見不遠處有歌聲傳來，便好奇地往前尋找，卻看見小男孩，坐在輪椅上，彈著吉他，而他的媽媽就隨著兒子撥動的弦音，向著大海歌唱。

年輕人光著腳丫再往前走，才發現這個男孩根本沒有雙腳。並且，當這對母子看見這個失意的年輕人時，小男孩熱情地打招呼說：「嗨！歡迎你跟我們一起來歡唱，歌頌這蔚藍的天空與遼闊的大海，看神為我們所創造的世界多美麗啊！」

於是，一個光著腳丫不想活的年輕人，與沒有雙腳卻滿懷讚美感恩的小男孩，一同歌唱著，讓所有的不如意，一如沙灘上的腳印，隨波沖散！

從此，這個年輕人轉換心態，脫離一切的自怨自艾，努力找到一份工作養活自己，且不久後也開始償還債務，甚且覓得真情相伴的佳偶，共度人生甘苦，迎接生命的美麗四季。

還有個故事是說到一名大學女生，父親病重，母親殘障，家境貧困，必須出外打工才能擔負學費、生活費，面對老師同學的同情，她總說：「我並不覺得這樣的處境有什麼不好啊！我相信這是神給我的培訓，為要讓我將來享受真正的幸福與財富。」

結果，這個女孩大學一畢業，就成為某公司的業務經理，因為她已經知道如何刻苦耐勞、與人相處、累積資源，並如何將學校課程理論，化為商場實戰經驗，因此反而更能適應這社會的競爭趨勢，在同儕中成為模範先驅。

就以上實例看來，並無所謂悲慘的人，只有悲慘的想法；亦無所謂桎梏的困境，只有消極的態度。只要心境改變，態度就會改變，態度改變，環境就會改變；不但如此，更可創造出生活世界的另番新貌。

只要看我眼前的

著名的《紐約時報》發行人亞瑟・蘇茲柏格。在二次世界大戰波及歐洲時，感到非常震驚，對未來充滿擔憂，甚至到了整夜無法入睡的憂鬱階段。

他經常半夜醒來，在鏡子前，對著一張畫布，拿著畫筆和顏料，想抓住此刻，畫出現在自己的模樣。即使他其實對繪畫根本一竅不通，仍然如此執著，因為這是他目前得以解決無法入睡之焦慮的唯一方法。

但有一天，他終於在一首讚美詩中，找到一句話，使他真正得以安睡，遠離焦慮，得到平靜，這句話就是：「只要看我眼前的。」

許多煩惱，來自我們總想舉目遠眺，思想不會發生或不屬於自己的事物，卻不知無論身處白晝黑夜，都有日光月光，在我們腳前照耀，引導我們學會珍惜欣賞，一切境遇，都有其美妙！

誰關起了門

前幾天，我到7-11買了點東西回來後，放下東西把鐵門關上，這「關上」意味著要解開多道手續，管好上面主要這道鎖就好，而下面的鐵拴不要拴上，免得老公回來有鑰匙卻進不來。

但我突然聽到開門的聲音，老公回來了嗎？時間沒那麼快吧！我就去打開大門，並且把鐵門的三道門鎖打開；不料，鐵門竟然沒動，怎麼推用力推都沒用！等老公回來，用鑰匙打開，還是怎麼推都沒用！他進不來，我也出不去，兩人隔著鐵門焦急如焚！老公一直說，認定是鐵拴的問題，叫我把鐵拴再拉到底端，應該還可以退，還有空間，才會造成無法開門。

最後的決議，老公說：「那還是花一千元去找鎖匠吧！」我被關在裡面，也不知道怎麼辦？真的是鐵拴的問題嗎？底端的距離已經很遠，鐵拴不可能控制住鐵門啊！我再把每個鎖住的點重新操作一次，居然輕而易舉打開了鐵門！原來是我早上進家門，鎖了三道門鎖後，沒注意地把隱藏的那個鎖扣也扣上了，這個鎖扣完全由內部控制，就算外面有鑰匙，只要鎖扣不開，就進不來，同樣的，鎖扣不開裡面的人也出不去。而我，完全忘記了自己有這個動作；所以，是我把自己關起來的。

當我打開大門的同時，老公也帶鎖匠回來了，真是糗到底！我們拼命哈腰道歉，原來不是門鎖的問題，是我出了狀況！

最近，覺得自己的記憶力退化，也許是吃藥的關係吧！總不時地腦海一片模糊，反覆不斷地問：

「今天幾月幾號了？」「我吃藥了沒？」「我要做哪件事？」然後，去7-11付了錢後，東西忘了拿！好像完全不能做太複雜的事，變得有點遲鈍！

我不知道是不是在潛意識中，想要把自己關起來？因為門跟門鎖都沒問題，那就是我有問題囉？有些事，記得太清楚；有些事，偏偏又完全空白。

這讓我想起，童話故事中有個長髮公主被囚禁在高塔裡，如果她不把自己的頭髮放下來，王子是無法爬上高塔救出公主的。所以，我們總覺得是其他的失誤，卻很難發現，失誤其實只在那自己的一指一秒間。

活著開心就好

中部某小學開家長會，有兩個媽咪相遇，她倆的孩子恰巧都是特教班的問題兒童，林媽媽一看見陳媽媽就滿帶愁苦的說：「我真不知道我的孩子將來怎麼辦？我希望能活得比他長，不然誰來照顧他呢？」

其實，陳媽媽的兒子更嚴重，但她似乎很開心地安慰著林媽媽說：「放輕鬆吧！其實我能擁有這兒子真幸運！雖然他每科都考零分，又有什麼關係呢？就算他什麼都不知道，但他會讚美飯好吃，花好漂亮……；他相信自己所信靠的主耶穌一直愛他，他就很開心，這最重要！至於我能活多久，不在我手中，但我願珍惜每一個與孩子相聚的快樂時光，陪他一同淘氣。」

一樣的環境，可以有兩種不同的心境；心境轉換，生活就在天堂。

當一切歸零時

有個女性朋友對我訴說此刻的心情，表示自己都四十歲了，婚姻沒著落，工作茫然不知所歸，一身蕭索，彷彿失了根般的飄蕩著，一切都歸零……。

我跟她說：「那好啊！四十歲還能歸零重新再來，表示人生還充滿著無限希望！」

歸零，表示杯子倒空了，還能換裝新茶！反之，有些人的生命容器，總是只有半罐水晃啊晃的，動也不敢動，結果變成了餿水，令人聞之掩鼻自己還不知道。

如果你的生命容器，能夠經常地倒空、洗乾淨，再換裝新茶，讓人遠遠感覺充滿了新鮮騰騰的香味繚繞，輕啜杯緣即餘味無窮，多麼美好啊！這表示你的生命容器，可以一直保持乾淨的、香的、大的！

不過前些日子，我也以為自己四十歲了，卻一生從未遇此身、心、靈的挫敗，一切歸零，一無所有，更一無是處！但在一切歸零時，我才學會跟神祈求，祂是那位信實的大能者，要負我生命的全責。我知道有一位神，基督耶穌，祂從來不放棄我，與我同行！

所以，當我一切歸零，當我放空自己，祂就能夠進來，充滿我內在的生命容器，安排我一切的外在環境。不是因為我是什麼，或者我要什麼；而是只有當自己歸零時，祂才能在我們身上做祂所要做的事；讓祂將自己的豐富，傾注在我們這容器裡，以顯明祂的香味。

我知道有一位基督徒領袖，他在四十歲時才來到台灣從事傳道工作，但在接著的五十年間，他建立了全球三千餘處教會。當四十歲，還能一切歸零，完全讓主帶領，走出自我侷限，正是創造全新人生的無限好契機。所以，何必茫然呢？應當凡事喜樂，凡事感恩，凡事等候，凡事盼望。溫暖的陽光正把你擁抱！

眼中所見盡是美

我有個朋友的姊姊，她是個弱視殘障者。我常想，她生活中一定是充滿了許多不方便，而且她又看不清楚這世界的美麗，所以一定很需要朋友，需要鼓勵。

但是有一天，我跟朋友到她家，發現她把家裡打掃得一塵不染，全是親力親為，而且很滿足、很快樂，她跟我想像的完全不一樣。

「其實我的視力只有一點點，因為我不容易看見東西，所以只要看見了一點點，都是那麼地美麗！」她述說著。

「你家裡打掃得好乾淨喔！都是你自己做的嗎？」我疑惑地問著，因為我認為做這些繁瑣的家事，應該是許多人都不願意的，何況她還有視力上的障礙呢？

但她倒是開心地說：「當然啦！當我看見洗碗槽裡的泡沫，就好像看到宇宙萬花筒的美麗變化；當我看見牆角的蜘蛛網，就似乎發現了生命奮戰的奇蹟。每一件微小的事物，只要被我看見了，我都好感動啊！」

她認真地做每一件細微的工作，只要認真，就會發現每一件事物背後的迷人與美妙！於是，我沒有鼓勵她，反而是她鼓勵了我，她讓我發現，我忽略了很多事，原來那些經常存在於我身邊的小事物，竟蘊藏著這麼大的幸福能量。

最後晚餐的祕密

據說，達文西在創作「最後的晚餐」這幅偉大作品時，為了描繪出賣耶穌的猶大，到處在街頭尋找符合靈感的模特兒。在他的認知裡，猶大必然是集貪婪、醜陋、奸詐、憤恨於一臉的人。終於，他找到一個乞丐可以擔任這角色。

當這乞丐隨達文西來到教堂，穿過長廊、會院，所經之處盡是聖經裡的故事所繪製成的雕塑、壁畫等；走著走著，乞丐突然哭了起來，達文西好奇地問：「怎麼啦！你哭什麼？」

乞丐打從心底抽泣地說：「我想起來，我小時候也曾當過模特兒，不過那時候，我是擔任這幅壁畫中的小天使……！」

天使與魔鬼，可以是同一個人；美麗與醜陋，也可以在同一個人身上發生。問題在於面對環境時的心境，如果經歷歲月摧殘，心中滿懷負面情緒，盡是憤怒、不平、憂愁……，那麼整個人就被魔鬼擄掠，面貌可憎。

相反地，如果在不順利的環境中還能享受安息，在不公平的待遇中還能享受平安，在悲傷翻滾的波浪中還能喜樂奮戰，那麼祝福就會不斷加添，美麗的雲彩會將你包圍。

活命的盼望

從前有個到外地經商的布匹商人，做完買賣後，必須翻過一座山，才能回到家鄉。然而，由於連年飢荒，山中盜匪橫行，為了安全起見，他走了山中另一條不熟悉的小路。

不料，還是遇到一名壯碩悍匪向他追撲過來，他拼命逃跑，路徑又不熟，正巧看見一個小山洞，就鑽了進去，還點燃了隨身預備在暗路行走的火把。然而，不到幾分鐘，還是被匪徒發現追進來，山洞又黑暗潮濕彎曲，根本不知往哪裡逃，只好任匪徒將身上的財寶，包括火把、衣物等通通搶去，還被毒打一頓，幸好沒有要他的命。

當匪徒正得意往外走時，一陣地動山搖，落石崩塌，洞口的出路被堵住。匪徒心想，自己有火把，一定可以找到活路的。但這山洞極深又黑，且洞中有洞，如同迷宮。

一個傷重一無所有的商人，與一名擁有財寶與火把的匪徒，各自摸尋活路。商人在黑暗中行走艱辛，不時碰壁，又被石塊絆跌；但因為置身黑暗，所以能夠敏銳倚靠洞口微光，仔細摸索著緩緩爬行，終於看見大片光明，找到出口。

山洞出口前方，有一大片水潭，商人一看愕然發現匪徒已命絕潭邊！原來，匪徒自命有火把照亮，只知道手中有珠寶，眼前有亮光，得意中反而迷失腳步方向，一不小心跌進山洞中的水潭，隨流飄出氣絕。

在人生暗洞中，真正活命的盼望，不是搶來的手中火把，而是來自天上的微光。

活的出路

歐洲歷史上著名的亞歷山大大帝，在西元前三二五年領軍橫越蓋德羅西亞沙漠時，不料帶領的嚮導是個間諜，故意誤導部隊，使士兵在嚴重缺水之下，陸續死亡。

這時候，士兵們都覺得自己來日無多，總是要有人走出去才有希望啊！由於他們對亞歷山大大帝忠心耿耿，於是每個人把羊皮水袋裡的最後一滴水硬擠出來，裝在大大的銀頭盔裡，獻給亞歷山大大帝。

亞歷山大見此情景，非常感動，也更加明白，若不緊急採取有效行動，所有士兵都要死在這裡了。於是，他當著所有的面，把銀頭盔裡的水灑在地上，眾人譁然驚訝，卻清楚看見亞歷山大傳遞出一個清楚訊息：「你們愛我，我更愛你們，我們同生共死！」因此，活著的士兵個個士氣大振；因為每一個人都只有一個共同的目標與選擇，就是要為著別人走出去。果真，他們活著成功的走出了沙漠。

人是群體的動物，在團體中也是如此，當你真正為別人的活路著想時，別人也會為你著想，這時就會看見神為你們開出了活路。愛，是唯一的活路。

別讓環境支配你

新聞中出現台中市長胡志強夫人邵曉鈴，在重創臉傷斷臂的復健階段，還能出現在大眾面前載歌載舞，這對於一向對自我要求美麗高貴的女人而言，其實並不是件容易的事。

然而，愛，可以改變一切；唯獨愛，可以療癒身心的重創，把痛苦變為感謝。唯獨愛，家人與親友滿溢的愛，可以淹沒傷痕，釋放內心的桎梏。

我也認識一個朋友，他的左手腕被壓斷了。有一天，朋友問他少了那隻手會不會覺得難過，他說：「已經習慣了，根本不會想到它，除非穿針引線的時候，會有偶爾一點不方便外，我並不覺得跟別人有什麼不同。」

在阿姆斯特丹，有一家十五世紀的老教堂，廢墟上留有一行字：「事情既然如此，就不會另有他樣。」

在漫長的人生旅程中，一定會遭遇失落、挫敗、傷痛的環境，但已經發生的狀況，快樂與不快樂都無法改變既定的事實時，不如選擇快樂的面對吧！真正影響我們快樂與否的，並非環境，而是我們面對周遭的反應。

當我們從內在醞釀出強大的爆發力時，就能戰勝一切災難、悲劇、重創，而產生驚人的奇蹟。

兩難之間

從前，有一個農夫將其毛驢放在穀場上，任其自由的踹穀取食。幾天後，農夫回到穀場，結果發現這隻驢子竟然餓死了。驢子就在同一個地方，一動也不動，什麼也沒吃。

農夫十分困惑，往四周一看，驚訝地發現，驢子死的地方，正處在左右兩堆稻子的正中間。原來，這隻驢子之所以站在原地，許多天都毫無動靜，因為牠既看到左邊的稻子，又看到右邊的稻子；牠既想吃左邊的，又想吃右邊的；更害怕吃了一邊的稻子，就失去了吃另一邊的機會。於是，最後就活活餓死在穀場。

一名女子，從二十歲開始，就滿心期盼要早點結婚，她學經歷條件都不錯，也頗有溫柔婉約之韻味，追求男子不計其數，親朋好友更是不斷關切介紹，但偏偏都無疾而終，以致四十多歲，還是沒結婚。

她經常鬱鬱寡歡，總認為主耶穌對她不公平，沒有給她幸福美好的婚姻，有天她跟朋友說：「為什麼我碰到的不是人家喜歡我，我不喜歡對方，不然就是我喜歡的人不喜歡我；再不然又是條件不合，學歷夠高的身高不高，身高夠高的薪水不高，薪水高的信仰不合……。不像你們啊！在適婚年齡就能結婚！」

朋友回答他：「我老公學歷不高，身高不高，薪水不高，信仰不熱切，我們也不算有多相愛，但我們願意把握現今時光，學習彼此間該如何愛與被愛。愛，本來就是一種犧牲，也必然會有所犧牲；所以耶穌要愛我們，還得捨去生命啊！」

我們若能明白，擺在自己眼前的人事物，就是最好的，將是莫大的幸福！人的一生無論生活、情感、工作、婚姻，都會遇到許多選擇，如果不能好好把握與面對，既不敢付出又害怕有所失去，那麼所有的美好機會都會在掌中罅隙流失。

讓我們歡唱

史考特是第一個率隊抵達南極的英國人，但在回程，他們遇到了相當嚴酷的考驗，狂風肆虐了十一個晝夜，威力足可切斷南極冰崖。

這時，他們寸步難行，沒有糧食也沒有燃料，大家都明白一件事，就是沒有生存希望了。其實，他們在出發前，就已預備了鴉片，萬一發生這種狀況時，只要每個人一劑鴉片，就會躺下，舒適的進入夢鄉，不再甦醒。

但是，他們沒有這麼選擇。許多年後，搜索隊在冰天雪地中找到史考特率領的南極探險隊，從冰凍的屍體上發現了一封告別書，內容大致寫著：「我們充滿勇氣的來，也充滿勇氣的離去；所以應當感謝，讓我們可以站在自己的棺木上欣賞別人看不到的風景，在飢寒交迫時還能大聲歡唱。」

史考特探險隊的成敗並非是否順利探險歸回，而在於他們至死都沒有選擇懦弱與恐懼，這留給後世無比的力量。

每個人一生都會遇到失望、打擊、疾病、死亡，當這些困境臨到時，最好的選擇就是感恩與歡唱。

新鋭生活11　PE0069

新鋭文創
INDEPENDENT & UNIQUE

迎向明天的幸福劇本
——練習擁抱生命，愛自己也愛別人

作　　者　萧正儀
責任編輯　劉　璞
圖文排版　周妤靜
封面設計　楊廣榕

出版策劃　新鋭文創
發 行 人　宋政坤
法律顧問　毛國樑　律師
製作發行　秀威資訊科技股份有限公司
114 台北市內湖區瑞光路76巷65號1樓
電話：+886-2-2796-3638　傳真：+886-2-2796-1377
服務信箱：service@showwe.com.tw
http://www.showwe.com.tw
郵政劃撥　19563868　戶名：秀威資訊科技股份有限公司
展售門市　國家書店【松江門市】
104 台北市中山區松江路209號1樓
電話：+886-2-2518-0207　傳真：+886-2-2518-0778
網路訂購　秀威網路書店：http://www.bodbooks.com.tw
國家網路書店：http://www.govbooks.com.tw

出版日期　2014年12月　BOD一版
定　　價　300元

國家圖書館出版品預行編目

迎向明天的幸福劇本：練習擁抱生命，愛自己也愛別人 / 蕭正儀著. -- 一版. -- 臺北市：新銳文創, 2014.12
面； 公分. -- (新銳生活；PE0069)
BOD版
ISBN 978-986-5716-39-4 (平裝)

855 103024576

讀者回函卡

感謝您購買本書，為提升服務品質，請填妥以下資料，將讀者回函卡直接寄回或傳真本公司，收到您的寶貴意見後，我們會收藏記錄及檢討，謝謝！如您需要了解本公司最新出版書目、購書優惠或企劃活動，歡迎您上網查詢或下載相關資料：http:// www.showwe.com.tw

您購買的書名：________________________________

出生日期：________年________月________日

學歷：□高中（含）以下　□大專　□研究所（含）以上

職業：□製造業　□金融業　□資訊業　□軍警　□傳播業　□自由業

□服務業　□公務員　□教職　□學生　□家管　□其它______

購書地點：□網路書店　□實體書店　□書展　□郵購　□贈閱　□其他

您從何得知本書的消息？

□網路書店　□實體書店　□網路搜尋　□電子報　□書訊　□雜誌

□傳播媒體　□親友推薦　□網站推薦　□部落格　□其他__________

您對本書的評價：（請填代號　1.非常滿意　2.滿意　3.尚可　4.再改進）

封面設計____　版面編排____　內容____　文／譯筆____　價格____

讀完書後您覺得：

□很有收穫　□有收穫　□收穫不多　□沒收穫

對我們的建議：________________________________

請貼
郵票

11466
台北市內湖區瑞光路 76 巷 65 號 1 樓
秀威資訊科技股份有限公司 收
BOD 數位出版事業部

（請沿線對折寄回，謝謝！）

姓　　名：＿＿＿＿＿＿＿＿　年齡：＿＿＿＿　性別：□女　□男

郵遞區號：□□□□□

地　　址：＿＿＿＿＿＿＿＿＿＿＿＿＿＿＿＿＿＿＿＿

聯絡電話：(日)＿＿＿＿＿＿＿＿＿＿　(夜)＿＿＿＿＿＿＿＿＿＿

E-mail：＿＿＿＿＿＿＿＿＿＿＿＿＿＿＿＿＿＿＿＿